U0085636

訪草

第一卷

陳冠學著

三民叢刊 85

三民書局印行

訪草 第一卷

午夜

夜色柔得像黑天鵝絨，是午夜時分。

城裏的美姑娘睡熟了，愛情的煩惱被遺落了。她們的爹娘也睡熟了，官場的榮辱、商業的得失被遺落了。門役和工人都睡熟了，卑賤被遺落了。村裏的牧童也睡熟了，牛羊被遺落了。他們的爹娘也睡熟了，鋤頭和犂鏵被遺落了。病人也睡熟了，疾痛被遺落了。午夜罩下酣睡，而酣睡不跟死一樣把人摧毀，卻跟死一樣剝下了人們的不安、焦慮或掛念，乃至痛苦與不幸。這是人們一天裏惟一獲得解脫的時辰，沒有夢，更不會有記憶。

這幸福的時刻輕輕地罩著，在城市之上，在村莊之頂；田野也罩著，以繁星的微光，以夜風的輕盪，以鈴蟲的唧唧，以大地的沁涼。

路漫漫，在黑暗裏，它們幾乎又恢復到原始之身——草莽的原野，也在享受著這一份時辰，遺落著人的踐踏、車的輾壓。可是，這裏卻有一條路被踩醒了，一個人走在它的上面。黑暗中，一個更黑暗的巨大人影在行進。赤裸裸的飢餓煎熬著他，他無法睡，他束緊腰帶計算著。現在，人們睡熟了，他出發，向番薯地。

可憐，當每個人都享受著各個人的一份酣睡和自遺時，他卻還得醒著，醒著毫不含糊地去領受他的痛苦，沒得解脫。

他沒看見天上的星點，也沒聽見鈴蟲的鳴聲。他拿沙沙的腳步聲和轆轆的腸轉聲相應，他想肚子裏應該聽得見他在趕路。他像哄小孩似的說：「就到了。」他來到了一條渠塹之前，渠塹約有六尺寬。他停了步，那邊便是番薯地。他搜尋著，把全副心力推到兩眼，沒看見有什麼；然後又推到兩耳，也沒聽見有什麼。「好！」他說：「沒人！」「刷」一聲他跨過那道塹。現在，他蹲在番薯壠間了。他再度諦聽，細察，眞的沒人。

他坐下來，就手邊拔出一株番薯。這一株只有三條薯，他把番薯藤扯掉，把番薯拿在手裏相碰，抖落鬆土，然後拿了一條在手心裏擦，把尚未抖落的鬆土擦去，於是塞進嘴裏。三條薯下了肚，腸轉得更響。他又拔了第二株。驀地，「噗」一聲有什麼落在他身後。他急忙反身伸出右腿，橫掃了過去。這是他應付突擊從未失手的一著。他拿這橫掃去打擊突擊者的小腿，使他即刻跌倒，並且一時再也爬不起來，而他，一隻偷吃莊稼的巨大山豬，便乘機逃掉。他覺得像是掃了個空，不由一驚；可是有個東西從空中落了下來，正跌在他跟前。他定睛細看，看不出是什麼；那東西和大地同一顏色。他俯下去摸，是一隻野兎。「嘿，你這畜生，嚇了我一跳！正好帶回去與爹配飯。」

他又坐下來繼續療治他的肚子，他不時聽見蔗田裏傳來山鼠格鬪的叫聲。他罵著：「畜生！你們那地方沒東西吃？偏要吃人家的甘蔗！我若是有你們那般富裕，還會做賊？」他抓起了一塊石塊，朝那發聲處擲去，格鬪聲卽刻停止，可是只一會兒又吵起來了。

番薯地的那一頭也時有鴟鴞悶悶地哼著。他一邊狼吞虎嚥，一邊檢拾著附近發出的任一聲聲音；這些聲音他非常熟悉，他是在這些聲音裏長大的。他想，這一隻是母的，牠在孵卵。他抓起了一塊石頭，又放了下去。「也罷，」他說：「就是打中了，還是找不到牠，留著牠。」他昂昂頭，看見滿天星斗，歎了一口氣，說：「眞美！老天把這樣美麗的景色，留在夜裏擺出來，豈不是白擺？有幾個人能夠不睡覺來欣賞它？可是，我說還是睡覺的好！」說罷伸了個欠。鴟鴞又哼了一聲，這一次哼得很長。他說：「鬼東西，哼這麼長做什麼？難道你夢見了什麼啦？你要是我可就沒這睡福享了！」他這一說長長地歎了一口氣，比鴟鴞哼得還長。

現在，飢餓去了，他的記憶恢復了，他記起了他的不幸。他埋怨著：做一隻鴟鴞多好！

什麼都好，只要不是人，不是跟人有關係的東西——我可不願意做一頭牛或一隻雞。這些野地裏的東西，不耕不作，卻有得吃，我沒耕沒作的，就沒得吃。牠們吃人家的東西，和吃老天爺的東西一樣沒分沒會，說吃就吃，心裏沒半點兒不是。我吃人家的東西，可要慚愧。牠們大吃小，我八尺大漢，粗手粗腳，卻不能搶。禽獸的氣力用著搶吃，人的氣力可不能，我白扛著這把氣力，放著發霉，連自家一條命也難保，卻常常挨餓。他愈想愈迷惑：我到深山裏去，當一隻大猴子，猴子能活我也能活。我吃樹上長的東西，老天不會跟我計較，我也不必慚愧。沒什麼理由叫我一定要做一個人，人還不是禽獸裝的？脫光了衣褲，那一點不像禽獸？他想罷又昂昂頭，透一口悶在肚子裏的怨氣。他又看到了當額的繁星，他把整個天空掃視了一遍，嘴裏溢出幾句話：「全睡著了，地上閉了一隻眼，天上就閃出一粒星。日一落，西邊一隻獨眼龍便睡著了，西天上就閃出一粒亮晶晶的星；接著小孩子們睡著了，天上閃出許多小星星；大家全睡著時，天上佈滿了星。可是，天上還少兩粒星，我還沒睡。唉，大家睡得多甜蜜，滿天星都閃著幸福的光！可是，我啊？」說著他滴下幾滴眼淚。

鵪鶉又哼了一聲，他從沈思裏回復了過來，探手又摸到一株；可是，即刻又縮回了手。他說：「我得看看我已經吃了多少了？」他回頭一打量，原來他已從壠頭移進了一丈遠。「不能再吃了，一口也不能再吃了，沒有理由再吃一口。」於是，他站了起來，把兩壠拔掉的番薯藤攏到田頭，堆成一堆，然後跨過那道塹，站到路上。「唉，何時了結？」他歎罷向番薯地回望了一眼，打算要走。「啊，差點兒忘了，也罷，就留下來，抵一部分番薯罷！不，我的債還是歸我自己負，阿爹幾時吃到好東西。」說罷又跨過那道塹，回到田裏。

就在壠頭找到了那隻野兎。他拿在手裏掂了一掂，可有三斤重，不由心喜，咧嘴微笑。他想，這可夠爹配一整天飯了，明早上爹看了一定會歡喜。他想著，於是心裏便浮現出那情景來：他爹那老臉上的喜笑，就展現在他的眼前，展現在這黑黝黝的夜色之上。他望著，就望著他爹的笑臉，他向塹前不經意地移著腳步。忽地，他覺得右腳的腳背上受到了刺螫，便急忙俯下身去看，卻沒看見什麼，這時他覺著腳底下像是踩著了什麼，於是探手抓起那東西。「啊，是蛇！」再湊近一看，不由大驚。「百步蛇，百步蛇！」他高聲喊著。那條蛇已經癱瘓，脊髓骨早被踩得兩頭脫了臼，拿在手裏一些兒也不動彈。他將那條蛇用力摔在地上，然後蹲下去摸他腳背上的傷口。「來不及見爹了。不，還要見見爹！」於是他提起那隻野兎站了起來，急忙跨過那道塹，踏上來時的路，狂奔而去。

夜仍深沈，午夜未央，滿天繁星依然閃爍著，幸福的時刻仍輕輕地籠罩著整面大地。

——一九六四以前

感觸

像人心這樣敏感的東西，怎能沒有感觸？尤其有一些人，天生便是多愁善感的。也有一些人，或是因爲生活方式或職業份上，也不能不敏感。即使一般的人，雖或平素少用心思，或生活方式職業份上無暇及此，也不能無感觸。而大抵說來，感觸是隨年事而俱增的。人越是生活，便越多感觸。生活得深，感觸也就隨之而深；生活得闊，感觸也隨之而闊；生活得複雜紛繁，感觸也就隨之而複雜紛繁。年和事，在一般來說是成正比例的。但世上也有一些幸福的人，年齡增加了，人事卻未增加，像這樣的人，感觸也就永遠不會增加；換句話說，生活得淺，感觸當然也淺，生活得狹，感觸當然也狹，甚至若沒有生活，當然就沒有感觸。一些索居深山的修道人，如方士和尚，便是希求過沒有生活的生活，因此像這樣的人，或許眞的可以息心止想，獲致無感觸的清靜人生。但這樣的人畢竟爲數甚少，大多數人都免不了有感觸，只是所感所觸或深或淺，或大或小，或廣或狹，或純或雜，在程度上有些相差而已。說來奇怪，世上竟有一些人，專在感觸中過生活，他們不避生活，或更可以說有意鑽進生活中，從自我到人世乃至宇宙，而過著一種極其複雜深刻廣大的感觸生活，從而透現出一副多彩多姿的生命，在情感上，達到不易獲得的昇華。這便是世人共同景仰的所謂詩人，也是世人共同感歎的所謂騷人——騷是憂的意思，是人世上最不幸而又最幸福的特出人物。

有有感觸的感觸，有無感觸的感觸。這話乍聽之下，或令人覺得矛盾，愛好邏輯的人更有此感，當然這裏也許有點兒語病，但事實卻是這樣的。一般人只能有即境的實感實觸，這樣的感觸是零碎的，有時竟是情緒的；大抵說，只能在生命的膚層上，投下一點兒即刻的刺激而已，很少能透入生命本身的中心，在生命本身上激起較大的震撼或留下較深的烙印。另有一種感觸，是就生命本身，就世界本身，就宇宙本身，直感而觸，像這樣的感觸，是一觸永觸，無法收煞的。這樣的感觸可說是一種致命的感觸，其中滋味個裏自知，難為外人道，是一種最不幸的感觸，因之也令人落入最不幸的人生中。不過，這種人生，這種神祕而又最眞實的感觸，也導致人昇入某種高深的境界，而達到一種昇華人生，說來竟是最幸福的。

一個人有一個人的感觸，因之，一個人有一個人自嘗自味到的人生；一段生活有一段生活的感觸，因之，一段人生有一段人生的滋味；而沒有感觸的生活便是一種無味的人生——雖然在修道人來說，那正是他們的目的；而多感觸的生活，便是一種多滋味的人生了。

——約一九七〇或其前

田園今昔

一、昔日的田園

住在都市裏的時候懷念現田園，回到現田園又懷念昔日的田園。昔日的田園是童年的寓境，而且對於現時的都市與田園，都已是十分的理想世界。單是跟童年糾結在一起，構成童年的國度，已夠人懷念不置，更何況它是愈往後愈是新時代的理想世呢！

一九五二年秋，爲了求一點兒智識，暌違了老田園。誰料這一暌違竟就是二十年，待一九七二年春回來，老田園早已過去了。到處看，到處嗅，到處聽，爲失去的老田園，一直想嚎啕大哭。只爲歲數大了，不便如兒時任性盡情，於是十年來，悲哀與懷念竟在內心裏積成了壘塊。

居住在現田園裏，時常做白日夢，想見老田園的往影，那一半荒野一半田園，相互穿錯著的往影。人們不能因爲睡眠時體積只用得著六尺長三尺寬的床位，就將眠床只打成如許長寬。凡事都須留個有餘不盡，方能優遊偃息於其間。昔日的田園最令人懷念的，就是荒地有餘不盡地穿挿在耕地之間。荒地裏任由雜草叢生，灌木薄聚，鳥鼠蛇兎、蛾蝶蜂蠆以爲家園以爲食衍之方，牧童以爲散羊放牛之地遊戲追逐之所，村夫村婦以爲樵蘇之場採藥之圃，望則可以遊目，聽則可以逸耳，取則有用，置則有容，綽綽然有無盡的寬曠閒舒感，正是老子說的「有之以爲利，無之以爲用」，多麼令人懷念的昔日田園啊！

昔日的田園除了夾雜著曠古未墾的荒地，洋溢著大自然未斲的生命丰彩與活躍之外，耕地例年還有冬季的歇耕復始（蔗田歇耕在年初）。每當秋後雨收，田園就任由青草藉著地裏僅餘的水分，像貧家兒般，雖然吃不甚飽，用不充裕，既已分得天地間的一份生命力，便也盡其最大限量地招搖著，以顯示其一段風光。於是田園與荒地例年都有一次大還合，一眼望去，整大片原野連緜一色褐綠，彷彿又回到了洪荒的時代，看著不由生命內裏油然鼓動起一派原始感，喚回太古渾沌的生機。這一段日子裏，農夫們便藉著農暇，在家修理農具，整葺草屋，製作家用什器，或更爲自己精製一支竹根長煙斗。農婦們則安祥地補綻一家人一年來難得用細工密針補綻的舊衣褲，或更爲家人添製幾件新衣服，重新滾滾草蓆邊緣，修修被單枕面；再則好好兒端詳那一家少年那一家女兒是合配的婚對。

田園間既然到處是荒地，阡陌可想而知，都是極其寬濶的。昔日田園的田畔都可通行一輛牛車，約當現時小型車輛的單行道寬的路面。這些田埂或阡陌，其實是荒地的一部分，儘長著沒肩的豐草，農家從來不去理會它。豐草下鼠蹊交錯，往往比牛車輪長年留下的車轍還寬還深。兒童們往往在這些鼠蹊上下鼠斬，日落後分段安設，然後滿懷希望摸黑回去；明早，天剛破曉，便挑了挑鼠斬的竹枝，施施然冒著朝露奔來。平常總可趁到一、兩隻大山鼠，走運的話，或可趁到三、五隻，且外加一尾長蛇。兒童們又膽小又迷信，一見了蛇，便連鼠斬都不要了，遠遠的丟掉；有大人跟著的話，便歡天喜地將蛇帶回家去，煮薑絲，配山鼠肉，對一杯米酒頭，說是山虎鬥山龍，鄰里都來分一杯羹。這些阡陌，是小時候最爲鍾愛之地。

田園跟荒地還合過了一季，翌年春到，一聲新雷驚蟄，打下一陣春雨，田園聞了雷飲了雨，醒了。於是，家家戶戶趕著牛揹著犂，夫負妻戴，左携右牽，村歌山曲，響遍田野，迤邐下田去。只見荒地夾雜間，點點笠動；壠畝縱橫處，斑斑牛蠕。哞然一聲，老牛喚犢，兒童黃犢共相逐，花狗黑犬左突右奔。田園宛如畫，宛如詩，宛如桃源世外。

當時田園的動力，全是生理力，卽牛力和人力。這兩種能力所需的能源都出自田園本身，牛吃草，人吃番薯，不假外求，且可循環，取之不盡，用之不竭。這種能源產生的廢料又且有益於田園而無一害，人牛屎尿之返歸田園，使田園物質循環不失。在這方面，農家每戶皆設有糞堆，用以堆積有機肥；這個糞堆跟太陽、雨雲鼎足而三，爲農家三寶。

耕牛每家少者兩、三頭，多者十數隻。農家照例喜歡在牛頰兩邊繫以整排的銅鈴，牛頭搖拌時，便發出悅耳的叮噹聲。農忙時，牛隻幾乎跟人一樣全都下田，早晚齊出齊歸，絡繹於路，或散向田野，或回歸村莊，那鈴聲便一路洋溢開去，或如一道山泉分向田野淙淙流去，或如幾多澗水交向潭壑集注，成爲田園的標題曲。

農閒時，牛隻便全交給牧童去放牧。牧童們成群地將牛趕向荒野，放了牛，便玩起家家酒、捉迷藏、摔角、鬪蟋蟀等等遊戲來，直到日午或日暮時纔又成群將牛趕回家。有時候玩得灰頭土臉，擡起頭來不見了牛群，找也找不著，這纔知道大事不妙，便硬著頭皮回家挨鞭子了。若不是牛吃飽了，先自回去；便是由荒地吃進了耕地，被田主牽了去。不論是那一種情況，小屁股上要吃鞭子就注定了。牧童挨了打，下午或明早放牧，牛屁股準要還淸這一筆債務；看他教訓起畜生來，樣子竟跟他老子教訓他一模一樣。這便是有過必罰，有債必還。牧童是老田園的要角，休看他們小小年紀，他們是牲畜的正式管理員啊！

小男孩既經承擔田園裏這樣重要的角色，小女孩呢？莫看她五、六歲大，纔矮冬瓜般高，也擔當著重要的職務。農忙時，家家無閒人，小女孩便被委派留下來看家。要擦拭桌椅竈面床蓆，灑掃內外。近午傍晚，要蹲在竈前煮一大鍋番薯簽飯，頻頻的壓，頻頻的加，直到滿鍋爲止；冷天還要加燒一大鍋熱水。父祖或者幸酒，還得老遠走到隔壁村店裏買一壺米酒頭，或是加買一尾鹹魚回去煎。風雨如晦，朔風似刀，小女孩一樣獨來獨往，走的是野草高過人頭的羊腸小徑，嫩腳下是石礫如猬的路面。自小受了這樣嚴格的歷鍊，長大後怎能不是刻苦耐勞的賢妻良母呢？

連幼童都不吃閒飯，大人的辛勤可想而知。過年後趁著一陣新雨，種下了芝麻、土豆，待土面吐出新芽，麻要疏株，豆要補窟，接著就要踏犂除草。百日收成，麻要立稟，趁正午莢開，打出莢中麻粒。一陣野風過，稟倒了；一陣暴雨來，莢沖了，麻（臺語諧「鰻」字）就趖（正字跎，音ㄙㄜˇ）了。因此家家打麻，都搶正午，纔放下飯碗，便趕赴麻地；或索性不吃飯，待收回來纔補吃。烈日煎於上，地熱焙於下，有時竟熬出赤痢來。土豆生在地下，整株薅起，往往有落莢，還得用指挖；農婦挖土豆，個個鍊得食指有鐵砂功。接著夏季邁著大腳步到了，則又要趕著種薯，又要間作插蔗苗。夏季以超額的日光與足量的雨水傾瀉給田園，薯、蔗、番麥，盡情怒生，比小傑克的魔豆長得還更快速，農人都咧嘴笑了。

農家固然辛苦，卻是自己的莊稼，心甘情願，且是辛苦有時，並非長年勞碌。你以為他日間工作累垮了嗎？沒有的事。看他，吃飽了晚飯，搬出了長板凳，在庭中納涼，有的拉胡琴，有的彈月琴，或自彈自唱，或一座合聲。再看，兒童們在庭邊追逐螢火，壯年人在庭外角力；老年人則抽著長煙斗，在簷下講古說今；婦女們則在廳中點了一盞油燈，一邊檢拾門外的人語，露出開心的微笑，一邊一針一線在補綻。沒有一個人不是生氣飽滿，沒有一個人不是心境閒適。這是經歷數千年逐漸獲得而又維持了近幾千年，為人類所能有的最健全的生活——一種完全取得平衡的生活。這種生活所以健全平衡，從老田園時代的住家景觀可以簡約地看到。

農家一如生活在田園裏的鳥類獸類，喜歡在茂密的綠叢中築巢作窩，也揀在繁樹密箐中構宅，幾間草屋，實在與鳥巢鼠窩無異，只是略微大些而已。雖然格局幽隱，家家宅區，小者一分（約三百坪），大者千坪，中間還有隙地，有事高呼相應，無事雞犬相聞。野鳥與之結鄰，田鼠與之同里，燕雀共宇，鳴蟲合室，清風入戶，星月臨窗；雞為司晨，犬為司昏。生物學上所謂共生現象，在昔日田園裏，竟是包含了無生命的各種自然物，這是多麼完美的方式啊！

轉眼秋到，番薯、番麥收成了，田園剛脫去了綠衣，要趁趁初到的秋涼。伯勞來了，正起上了田園裸露，土蟲顯眼的時候，漫山遍野喈喈叫。土蜢也打開洞門，庭前庭後遍田野夜鳴。這是田園最熱鬧的時節，直從早晨醒來到初夜睡去，晝則伯勞，夜則土蜢，整面大地，每一平方公尺內無不有鳴者在盡情鳴唱。於是男童忙起來了，一忽兒提了伯勞梯、伯勞釣、伯勞翕裸露地去下伯勞，一忽兒提了大洋鐵罐屋後村邊去灌土蜢。

說田園是男童的樂園，一點兒也不誇張。他們一年到頭總有可玩的事兒。犁番薯時，男童是先導，番薯田裏有鵪鶉窩，有雛捉雛，有卵取卵，那是他的專利；任何樹上的鳥巢都歸他管轄，那是天經地義；山嶺柭、野葡萄，誰都沒他捷足。沒事兒做，則成群找條蛇，打爛了，出出氣力。臭錢鼠遇著他，一定陵遲處死。家裏出了小雞，天上有老鷹盤旋，他拿起小石子威嚇，他自視是小雞的保護神。天氣熱了，成群跳進壩瀧裏洗冷泉，一句話不合，赤裸裸追進村裏來，還不准人家看，眞是威風八面。男童有的是玩不盡的遊戲。路中央有牛頓鬃草，牛都拔不動，抄起草尾來結在一起，要絆倒牛，看他譴不譴？成天在大太陽底下，曬得烏鬼般黑，實在的，他們是田園裏的精靈。

住在老田園的人，誰都有賞心事，只是男童所佔獨多而已。一石樂事，男童佔去了八斗，其餘兩斗別人攤分。農夫犂田，尤其是培中蔗根土，往往剛插下犂尖，纔犂了十來丈遠，噗地一隻雌雉自牛腳邊飛起，農夫急捨了犂向前仆倒，早手到擒來。或是眼前見得白花花，定睛一看，蔗模下竟是一窩雉雞卵，數一數，竟有二十粒，跟家裏飼的土雞卵一樣大。老田園裏，雉雞是到處有的，跟自然影片中美國的草原雞一樣多。在田園間行走，到處都可看到面頰紅多多羽色耀人的雄雉。野兎也是常見的，偶爾農夫也會擒到一隻兩隻。雨後採草菇、草耳、木耳，那是婦女的樂事；有的還到外邊去罾小蝦捉泥鰍。未經種植，而有收穫，這是農家最大的快樂。農家的樂事，終究不脫生產本質。超乎生產的純娛樂，乃至享受，農家是很少有的。

每年當秋過雨收，農家全成員纔有一兩次純娛樂。那走江湖名叫走街仔仙的戲班趁著落日的餘暉來了，任意在誰家庭裏擺好道具，女的打扮得一如歌仔戲旦角，少不得唱一齣陳三五娘；男的則束緊了腰帶，走一兩套拳。兩三點鐘後，走街仔仙賣掉了些丹膏丸散，走了，村人也快樂地散回家去。

農家要再聽到正式的鑼鼓管絃聲，還要等到新正的時候了。

吃甜點和吃大魚大肉，也跟看戲聽歌一樣稀奇。農家自己種蔗，孩子們一年裏卻纔有兩回吃到甜食：一回是冬至吃湯圓，一回是過年吃年糕發粿。此外兒童們要想吃到甜食，就得等著有那一家女兒定了婚，家家戶戶，分發大餅報喜。中秋節論理是可以吃甜食的罷，但是要農家花錢自己去買月餅，那是違反農家樸質生活的事。八月十五，那是土地公生日，據說土地公愛吃老豬母肉，孩子們托土地公的福，只能啃到三千年般的老皮肉，嚼也嚼不爛，最後是乾吞。

清明吃春捲，端午吃肉粽。七月鬼月，最有的吃：初一開了鬼門關，家家犒鬼祭，有的吃；十五中元節，大祭，有的大吃；二九或三十，送鬼祭，又有的吃。一個月吃三次，托鬼的大福。此後要眞有的吃，就得直等到除夕了。吃之外，還有壓歲錢，除夕是農家大大小小的天堂日。有時女人月內，男人月外，也有的吃。

這樣看來，農家確是苦。因此農家流行著一句話，認爲世上最好的事是：「頓頓二九暝，年年十八春。」意思是每一頓吃的都是年夜飯，每一年過的都是十八歲。

但是農家這樣嚴格對待自己是對的，娛樂與享受只會腐蝕精神體，邋遢了生命。

其實農家過得比誰都好，田園給予他們的是最高品質的生活。

田園給了農家藍天綠地，居家在裏面，工作場也在裏面，時時可以舒展心胸，怡養眼目。明亮的陽光，柔和的夜色，做活休息，百般的宜適。鳥隻歌唱，蝴蝶飛舞，路邊庭外，永遠有著花色花香，精神豈不抖擻？樹木向上，靜穆而舒暢，草卉遍地，無所不生，生機豈不鼓舞？新鮮的空氣，甘冽的清泉，養分完全滋味雋永的土產，血脈筋骨，豈不調達？加上農人寡欲守愚，純樸的心性，誰能不羨他是羲皇上人？

昔日農人的生活確是經歷萬年實驗所得，最爲完美的生活，業已行之數千年，證明再無可修改，乃是人類的理想生活。然而也許有人要問，老田園果眞這樣優惠農人，而沒有半點瑕疵可以吹毛嗎？回答是沒有的。不過有一些現象，若不明就理，或許不免誤會。

老田園自來因實際經驗，獲得一條法則：物類共生則存，獨生則亡，故生態必須平衡。爲此老田園將這一條法則當鐵律來執行，看來有似無情，而實爲有意。老田園在平時便行使著日日的平衡，有億萬隻蟲，便有千萬隻鳥雀相制；有千萬隻鼠，便有百千隻鷹蛇相剋，務使各個物類各得一定量而生息存續。因之，農人在田園中也得到一份定量的生息。農人只要及時播種，田園自會料理其餘的一切，陽光、雨水、除蟲，全不必操心。然而農人也只得到他應得的一定量而已。田園既供給了農人最高品質的生活，便不能再供給奢泰和積富。若要供給農人超量的份額，到頭來，只有招致農人的滅亡，田園由經驗知道得一清二楚。因此田園守著它的鐵律，執法如山。農人也早就育成純樸寡欲的性格，聽天由命，與物共生，不求非分。

田園雖行使著平時的平衡，並不能一毫不差，恰到好處。就像曆法上四年一閏，老田園的運轉經歷一定的時日之後也會有些零餘，於是田園便用旱澇蝗疫來閏除。不加細察易誤會田園殘酷不仁。田園經過一閏之後，就取得其完全的平衡了，農人也確保了其最高品質的生活。

多麼令人懷念的昔日田園啊！

二、今日的田園

尼采寫查拉圖斯特拉下山向世人宣稱上帝死了，事實上上帝未必眞死了，即使上帝眞死了，只要世界仍在，維繫世界的法則仍在，萬物仍然能繼續活下去。但是今日我們要宣稱羲皇上人死了，那卻是眞的死了。說羲皇上人死了，這表示理想人世不再存在了。早在兩千多年前，希伯萊人便說當初因爲夏娃吃了智慧果，被逐出了伊甸園，似乎是言之過早了些，因爲那是人智開了，自己造成了不幸，可是伊甸園卻還是存在著。事實上，只要伊甸園存在著，人類就沒有被逐出去。到了有那一天，人類自己將伊甸園毀了，那纔是眞的失掉了樂園。

二十年後回來，發現老田園不在了，眼前所見的是一個陌生的田園，只東邊的山嶺，和一些老鄰居——各種現在仍然倖存的鳥類，以及那乾燥的砂礫地，供人辨認這裏曾經確是老田園的所在。

田野裏再沒有荒地，也沒有了鼠蹊交錯的大阡陌——泰半都跟荒地一起被墾耕了，只一少部分被削成約一尺寬的田畔，極少部分被留下來當產業道路。再沒有有餘不盡優裕寬曠感，嗅不到那直透入生命中的洪荒味；渴望回來看那褐綠色，觸觸那散佈荒地上的巨石，踏踏那整片的石原，尋尋那營營於地熱之上烈日之下的荒原老住戶——蟲鳥等羽族，卻都已杳然沒有了踪影。

平疇上略見有了些果園。牛隻顯見少了，牧童完全不見了。遠遠的見故里該到了，卻認不出有那一片村樹。原來人口衍增了，村樹盡在兄弟分家，增建房舍時被砍除了。屋上只見寥寥幾隻痲雀，跟記憶裏的盛況相較，竟似大疫之後的淒涼。村上空幸仍有一兩隻燕子翺翔。天空看來似乎沒什麼改變。

早在歸途中便聞到空氣不對，隱約帶有農藥味。一路上到處馬達聲、引擎聲、車輛聲；坐在家中，四面八方傳來。家裏早有了電。村中已建了地下水塔，不吃山泉了，倒是省了許多挑水的工夫，只是沒有電的時候，就滴水難求了。煙囪沒有了，家家都燒瓦斯了，乾枝枯幹成了贅物，沒處移了。糞堆沒有了，一來建屋且不足，那有餘地堆肥；二來塑膠包裝袋，菌類、微生物不能消化，雜在堆肥中成了大量的累贅；三來衞生觀念叫農人認爲屋邊一塊糞堆，不體面。爲此少女的祈禱曲巡迴的來了。

收音機、電視機日夜輪流播放歌曲和戲齣；店仔頭有的是糖果餅乾，也有汽水、水果罐頭，賣肉的肉螺天天吹著，兩個魚販天天來；青菜有人賣了，農家再不自己種菜蔬了。看看眞是「頓頓二九暝」，好似天天都在過年一般，是生活水準提高了呢？是生活品質降低了呢？眞教人糊塗了。

夜色再不柔和了，電燈通明如晝，農人稍稍不早起了。雞也少了，半夜裏，再沒有此起彼落的啼聲，有之，是寥落的幾聲而已。公雞因爲找不到對頭厮打，找上人來了，啄幼童的後臀，啄成人的足踝，宛然著了魔般，到處橫行。

貓沒人養了，屋角邊到處蹲著。狗有人偷了，顯見的奇少。於是日日狗不吠，夜夜貓豪鬪，大有乾坤顚倒之感。

村人性情也變了，再沒有歇耕了，地下水長年抽，農人鞭策著土地，要它一天生兩個金蛋。鞭策所得額外收入，用來起華屋，娛視聽，競爲浮奢享受，純樸味完全不見了。

回來十年，田園又有了更徹底的改變，平疇悉數圍成了果園，全然不可遊目了，也不可騁足了。居住在田園間，只有路面可走，田園之萎縮，這是到了極點。若眞的植成整片果園，成爲大片果樹林，倒是身居山林般，失之東隅，收之桑榆，沒什麼損失。但每塊果園都圍了鐵蒺藜，阡陌幾乎盡毀，實在寸步難行。

於是牛隻徹底的無用了，而且也眞的沒地方吃草了。除了一兩個老農夫，一輩子跟牛過活慣了，實在難捨，還各養了一隻，其餘的盡都不再有牛了。再也聽不到那醉人的長鈴聲，那大動物纔可能發出的哞哞聲。

沒有牛那有牧童？牧童早全部編進了學校，小的進小學，大的進國中。大都因「家學」沒有淵源，不喜讀書，而且父祖們血液裏的牧童氣在血管裏勃勃蠢動，難得被禁錮在教室中、書桌前。書讀不好，乖的卻好，有一半成了社會問題少年，成人後便眞正成了社會上的一股亂流，念之目熱。

女孩子們畢了業後，像洪流般流向大城市加工區。農村家家戶戶供給了廉價的女工，使臺灣繁榮了。可是這些原該生活在藍天綠地間呼吸新鮮空氣，浸透在安寧靜謐中的女孩子們，卻成了非人般的螺絲釘，從早到夜，關在不見天日的廠房內，在一片汚氣毒氛嘈雜中葬送了青春。

見著村人吃肉雞，禁不住厭惡。不吃雞肉已有二十多年了，若眞要吃雞，除了老田園時代的土雞，那裏是雞？

見著村人吃一、兩尺高的所謂小白菜，也禁不住厭惡。除了老田園時代的小土白菜，世上那裏還有小白菜？

見著村人吃大樸花生、大莢豌豆、頭形番薯，也禁不住厭惡。直懷念鈕仔豆、小莢荷蘭豆、雙重皮番薯。

老田園時代的雞蛋是養分完全的，現時的雞蛋不止養分不完全還且有毒；其他一切莫不如是。

平生喜歡草。沒有草就沒有土壤，就沒有高等植物界，就沒有動物，就沒有人類。現時的田園，除了路邊，見不到草，殺草劑濃霧般定期毒殺了它們。庭面上幸而保留了幾根，雨天時任由天機自張，旱天時早晚澆水。果然一片青翠，引來了蛾蝶下卵，孵出了青蟲；因而更引來了沒處討食的小鳥們，自早到晚，與庭主共厮守。見著青翠的草色，翩翩的蝶舞，飛起飛落的鳥影，又飽聽那宛轉的鳴聲、切切的私語，所得的回報，實在超過了早晚澆水的辛勤。後來發現小鳥們竟效蛾蝶，在庭邊樹上結巢了。計有：草鶺鴒、烏嘴鷽、青苔鳥，外加白頭翁、藍鶲和痲雀。一天上午，靜靜地坐了兩個鐘頭，竟發現每秒鐘都有鳥音，比老田園時代還更稠密。可是這是全部集攏了來的啊！只可悲，不可喜啊！

村人成了果農後，自恃有藥對付蟲害，視鳥類爲無用且有損，果園四面張羅。結果期情有可原，果期已過，還照樣張著。園主許久不曾探視，鳥隻著網，就死在那裏，任風吹日曝，腐了乾了。小者有草鶺鴒、青苔鳥，中者有白頭翁、烏鶖、大者有斑鳩、綠鳩等等，凡本地有的鳥類無一種倖免。無怪庭面庭邊被小鳥們視爲安全地。

六月底土檬果黃熟落盡，七月初陸續抽出新芽，樹下飄落厚厚的一層落葉。忽一昂首，見嫩葉上挆滿了蜜蜂，也有其他野蜂。以爲嫩芽上或有花蜜香，一時誤誘而來。經細加觀察，見蜜蜂努力翻繞嫩葉舐著，又拼命的搓腳，樣子分明是在搓花粉，纔知道眞相。此時果樹花期全部已了，蜜蜂類乏食是事實，但若有荒野大片草花，還可勉強渡過。牠們尋到檬果樹的嫩葉來，顯然是飢不擇食。這個景觀維持了幾天，直到嫩葉轉靑了纔罷。原本的定量平衡法則被破壞了，小鳥們、蜜蜂類就首先連帶遭殃了。沒有小鳥，田園就孤寂了；沒有蜜蜂類、蛾蝶，部分植物就無法傳粉了，後果之嚴重，拭目可待。

有一天，看見一群蜜蜂挆在陰溝邊，不由大吃一驚，禁不住喃喃自語：

高潔的花間生物啊，
你們絕滅之前，
不幸落得這般卑汚！
命運注定這般悽慘，
還能向誰怨訴？

去死罷，去死罷，
高潔的花間生物！
那貪婪的兩脚獸，
也即將到達他們的末路！

每次聽見少女祈禱曲，就感到齷齪，再怎樣顛倒，也不該將聖人當小丑，將少女的純潔用來集穢，怪不得少女遭受摧殘的事件越來越多！一方面不願意向齷齪屈服，一方面爲了如意，回來後，重新闢了一塊糞堆，這樣可以避免自己也參加作穢，又可隨心所欲，隨時打掃倒垃圾。一天，在糞堆上見到了一隻蝴蝶。雨後的斜陽正帶著一片柔和的金黃味穿過樹枝間照下來，空氣中盪漾著發亮的水氣。本來是很美的景色，連汚穢的糞堆在這樣的陽光水氣下也顯得十分的美，沒想到見了那隻蝴蝶，又一陣悲惻，不由又喃喃自語：

高潔的生類啊，你們都死去罷，
這世界已容不得你們存活！

可是當田園裏的其他生物都不得活時，農人果眞能獨活嗎？農家生活品質顯見降低了，不止是降低，還且是急劇在下降，降向零度，甚至零度以下。草的功用：一來保持土壤，製造土壤中最重要成分的有機質，通透土壤，培養土壤中的細菌、黴菌、其他微生物、蟲類，使之行使土壤化學變化；二來是傳播花粉的蟲類的生育場，限制蟲類數量的鳥類的覓食地；三來是動物的食料。草生地的無保留墾耕，田中草盲目的殺滅，引起此一系列生態枯竭。加上農藥的頻仍使用，化學肥的大量投予，結果是部分傳花粉昆蟲的全部絕滅以及土壤的整體死亡。而農藥與化學肥的使用，原有的蟲害未必能根絕，卻促使了藥效以外蟲害、菌害、微生物害、病毒害的猖獗，且破壞了農作物的生理，導致植物體抗害力的低弱，免疫力的消失，老田園時代所不曾聽見的致命病害，隨著這一切人爲的措施而爆發，至不可制治。這一切促使現田園日趨死亡。美國、臺灣本土，早已有因而廢耕的農地，這種死亡的農地，將一如癌細胞急速擴展，現田園終必至隨老田園而俱逝。

卽使土壤不死，傳粉者健在，農人自己也要滅亡。原先在老田園時代，用熱帶病來調節人的勞力，以平衡生產與消費；用肺結核來調節人的壽數，以平衡出生與死亡。現時農村已無熱帶病、肺結核，但因毒害而起的疾病卻方興未艾；出生存活率提高了，而死亡率卻更高。農村已成了都市的替死者，都市以最低微的報酬，令農村呼吸百分之九十九的農藥，自己躲得遠遠，只吃百分之一的餘毒。農人是鐵打的身體，也會腐蝕剝落而亡。縱然農人果眞僥倖能逃過滅亡，下一代悉數流向都市，後繼無人，農村依然要亡。

多麼令人躭心的今日田園啊！

——一九八三、五、十二～十四

棄貓

人不論年齡大小，總有懷念的人、物或事。一個人若全然沒有懷念，不論這個人是少年也罷，是老人也罷，不是動物般地過活著，便是惡魔般地過活著，不然便是絕對悲慘地過活著。只有這樣過活著的人，纔會有沒有可懷念的過去，和沒有可懷念的現在。這樣的人，若不是自己沒有心腸，便是世界與人間對他沒有心腸。這種人，世上大概極少有。

人大抵是活在希望、現際與懷念裏。人所能有的希望並不多，且隨著日子的增進越來越少；相反的，懷念卻與日俱增。

此時我懷念一對朋友。

那一年，正是舊曆正、二月的時候，南臺灣美麗的初春正恬美得無限，遼闊的淺藍天，爽塏的大地，金黃色的陽光像琴韻般顫動著，誘引人走向田野。那時村道還未鋪柏油，幾乎還沒有機車，路上十分的寧靜。剛出了村頭，隨著眼眸的舒展，胸臆像花苞一般迅速開放，又像蚌蛤迎日八字大開。忽聽見一個男人高聲呼喚：「阿憨丫（a gām à），阿憨丫。」接著一個女人高聲呼喚：「阿美丫（a bái à），阿美丫。」聽見過的許許多多人名，從來不曾遇見過這麼土直的名字。好生好奇，遂向發聲處走去。只見一塊剛收成過的蔗田邊角上，一幢新起的瓦頂平屋，一個二十七、八歲的男子，一個二十出頭的女子，面向西，朝空田呼喚著，駐了足，在庭邊看，心裏不由迷惑。不一會兒，遠遠的看見有三隻約三個月大的貓，盡力的趕向這邊奔來。這時聽見這一對年輕人帶著愛意高聲責備著：

「好貪玩噢，竟然跑那樣遠，不怕被野狗吃了！」

那三隻貓只一眨眼工夫早已趕到兩人的面前，那年輕女子彎下腰去，這時纔看出她手裏端著一碗貓食。

至此我恍然大悟，原來阿憨和阿美是三隻貓當中兩隻的名字，正不知道那另一隻是什麼名堂？我不由笑出聲來。

我的笑聲引起兩人一齊回頭看，我覺得十分不好意思，彷彿自己有意在一邊窺覗別人的隱私似的。

在廳裏面坐下來，我自我介紹，那年輕男子興奮地說，他自小就常聽見我的名字，一直沒機會認識我。他報了他父親的姓名，原來他是某人的兒子，我也早聽說過，某人有個男孩子，是村子裏繼我第二個上大學的。他的名字叫王了然，據說他父親看透世情，給他起了這個名字；後來我只叫他阿狂。他有個弟弟，剛去服特種兵役，叫王安然，這個名字倒吉利得多。那年輕女子是他的新婦，後來我只叫她阿癡。他們眞是天生一對。

阿狂上年初纔退了伍，在一所高中任教，年中結了婚，新學年剛開學不久，他忽辭了職，回家來了。父親已物故幾年，現時小夫妻依靠老母過活，老母不免時時埋怨。

阿狂剛回家來不到一個月，左右近鄰，沒有一個不曉得阿癡愛貓如命的。阿癡一直渴望養一隻貓，但阿狂不肯：一來現時自己尙且依賴老母養活，那有力飼養寵物？二來阿狂是道地鄉村裏出生長大的男孩子，天性中只對狗有感情，對貓則漠然視爲女人的動物。主要還是第一個理由，並非他不體貼。而且家裏連狗也沒有養，怎可能先養貓？

可是阿癡左鄰右舍到處抱人家的貓，終於將貓引來了。

一天，天剛發白，便聽見門外長蔗中有幾隻小貓喵喵哀叫的聲音。可想而知，阿癡有什麼反應。於是阿狂被迫不得不接受了那三隻貓，而老母的加深埋怨卻是意料中的事了。

據說阿憨是三隻貓當中最大的一隻，乃是一隻灰色的公貓，當然牠是老大，性情最親近人，纔一招呼，便喵喵嬌叫著，張著紅紅的嘴走了出來。阿狂說牠被烤了貓肉都不知道，就給起了阿憨這個名字。其次是一隻花色的公貓，跟在老大的後面，保持了一段距離，慢慢的出來，態度斯文而謹愼。阿狂叫牠英國紳士；還帶著長白手套，穿著白長靴呢！這第二隻貓，體型瘦長而漂亮，正配合牠的性情和身份。第三隻貓，可是熬了一整天都不肯出來。阿狂和阿癡鑽進蔗田裏去包抄，長蔗正待收，約有兩丈長，一半倒臥在地面上，彎彎曲曲，互相糾結著，實在無法進去，兩人全身掛滿了蔗芒，白白的舞弄了好幾回。後來竟然聽不見貓聲了，阿狂虞牠走失，不得不殘忍地拎起阿憨的耳朵，空懸著直到牠感到痛，發出哀叫。果然牠在很深的田中央回應。於是阿憨和英國紳士輪流著爲牠們的小妹妹吃了些皮肉之苦，來給牠當蔗海中的聲塔——後來抓著了牠纔曉得是隻土斑色的母貓。這隻貓，因著母性，天生機警、謹愼，不信任人到了極點，無論如何牠只肯到四、五丈深的邊緣。阿狂和阿癡不忍牠整天啼叫，餵飽了阿憨和英國紳士，就放了牠們進蔗田去，好跟小妹妹做伴。

傍晚時又將兩隻小貓招呼出來，餵飽了，給關在籠子裡，放在簷下靠門的壁邊。阿狂故意不在籠子裏鋪墊什麼，讓兩隻小公貓在寒冷的晚風下抓著籠子哀叫，那邊蔗田裏便也跟著叫。阿狂計算著將牠引出來。天黑之後，果然一步步叫著出來了。合起來大約纔七、八丈光景的路，這隻小鬼頭竟蹭了一、二十分鐘。終於蹲到籠子邊，隔著鐵絲條相偎依著安靜了下來。阿狂一個快步踏了出去，一俯身伸手就抓。抓是抓著了，初生的貓牙和貓爪，比剛磨的刀鈎還銳利，阿狂手指頭差點兒沒被咬著，卻被後爪著著實實割破了掌背，不得不放了手。初晚這一次是失敗了，又候到了初夜，戴了手套纔抓著。在燈下仔細觀看，發現牠原來奇醜無比，還拖著一條閃電式的三屈折長尾。因此阿狂叫牠 a bâi。我問他 gām 漢字怎麼寫？阿狂寫對了。問他 bâi 怎麼寫？阿狂就寫不出來了。我說 bâi 就是美字。阿狂大吃一驚。我告訴他，眉字國音ㄇㄟˊ，臺語 bâi；美字國音ㄇㄟˇ，臺語豈不是 bâi 嗎？《論語》記載著周武王有亂臣十人，亂就是治。一般古書上敗國偏叫勝國。可見臺語的 bâi 是美字沒有錯，這是古語一詞包含正反兩義的遺留。阿狂聽了很高興，爲了寫得出字來覺得十分痛快。

阿癡原就預準了一個日常買菜用的小籃子，鋪了布袋，三隻貓都放了進去，正好擠得滿滿。阿美丫擠在最底下，露出兩隻溜溜賊眼——阿癡是這樣說的。阿狂指著牠罵，阿美丫連耳朵都貼平了，氣都不敢吭。特意爲牠補備了一碗貓食，一起放在厨房裏。

第二天，神明案桌下盡是貓屎，老人家氣得拿起掃箒來打。三隻貓躲躲藏藏，可就打不出門去。這樣過了幾天，老人家忍無可忍，將埋怨盡都爆發了出來。阿狂不得已將三隻貓移置在後門外圍牆內，那兒屋簷外盡是砂土。但那一邊朝北，夜裏北風冷如刀割，阿狂煞費周章，攔攔遮遮，將小籃子排設得比最綿密的鳥巢還暖和安穩，這纔放了心。白天裏三隻貓吵著要進屋來，阿狂受不了叫鬧，放了牠們入屋。牠們別的地方不玩耍，儘在綠色的塑膠皮長沙發椅上跑跳，一忽兒上去一忽兒下來，弄得整條椅子滿是貓腳印；還在上面抓爪，刮得塑膠皮上傷痕累累。這事兒大大地惱了老人家，又是一陣埋怨。老人家不知是在鎮上那裏撿的半個汽車輪轂蓋，鋪了乾草，每天撿進來雞蛋，等著放滿了教母雞孵。三隻貓別的地方不去，偏偏騎在雞蛋上撒尿，一隻隻輪流的灌，頭一天就將一窩的蛋全灌濕了。於是連白天也禁在後門外了。

母親不在家時，阿狂讀過書，站到窗口探望，三隻貓見了又喵喵地叫，阿狂將右手探出窗外，垂了下去，想抓著一隻，抱進來玩玩。可是小貓兒一隻隻，在底下往上跳，就是夠不到。還不到第三天，阿憨居然前腳搭上壁，將頭伸到阿狂的中指跟無名指之間，這樣牠就得到屋裏玩一會兒的優待了。第二天，英國紳士也學會了。到了第三天，連阿美丫也將頭伸到阿狂的兩指間來，爲了渡一會兒的假，忘記了牠的母性警惕。

母親說，這棄貓有白米飯吃就了不得了。初時阿癡只偷偷地在飯中加了一點點兒的魚肉，有時在母親面前就只好餵白飯。三隻貓居然自知命苦，吃得山珍海味一般，大口大口咕咕地呑。但不到幾天，嘴乖了，不吃了，幾乎跟孟嘗君的食客馮驩一樣，要倚著長柱彈「長鋏歸來乎食無魚」了。母親發覺了，不免又一陣責罵。

漸漸的三隻貓會跳窗了，還是阿憨開了頭，阿美丫落後約十來天。家裏的窗，除了臥房、書房，全未加鐵紗網。白天裏，三隻貓居然會察言觀色，語氣神色稍微有點兒不對，立刻跳回後門外去。但夜裏可就沒奈牠何了，好在屙屎撒尿都曉得出去。三隻貓既經關不住，日夜出入自如，而且又長大了那麼一點點兒，本科的天性也就漸漸地顯露了出來。牠們白天裏大抵乖乖的在沙發上睡覺，到了夜裏，可就將廳堂厨房攪得天翻地覆。牠們將長沙發當健身墊不說，神明案桌上的香爐、燭臺，厨房裏的什器，著魔似的盡情闖撞。阿狂夫婦年輕人，沈沈一睡到天明。老人家就不一樣了，有風吹草動，登時醒轉，每晚半夜裏總要起來趕打一場。阿狂沒奈何，臨睡前不得不將後窗關剩一寸寬。第一晚阿憨帶頭一跳，撞著了玻璃，被彈落了回去；接著是英國紳士，阿美丫見有蹊蹺，未敢造次。總算將三隻小惡魔擋在後門外了。可是沒有用，隔了幾天，阿狂都還未睡著，便聽見窗子開動的聲音。起來巡察，窗子早打開一整格，不待尋找，阿憨丫就自己走過來對著阿狂傻喵。自那一晚之後，阿憨丫學會了開窗——可想而知，牠一跳跳了上去，用左爪搭住窗框，再拿右爪去推開窗，就順理成章地鑽進屋裏來了，然後是牠的弟妹跟著進來。老人家見定了局，也不再責罵，但半夜的驅逐戰是照例進行。

一晚，阿狂在床上跟阿癡多談了幾句話。黑暗中主人的聲音多麼的誘惑，三隻小貓不跳後門邊的窗了，竟然尋到阿狂夫婦臥房的後窗來，牠們跳上鐵紗網漫爬著。阿狂喝令牠們下去，就是不聽。這扇後窗原先鐵紗網材料短了一小截。因之右上角便留著一個缺口，牠們就從那兒爬了進來。阿狂正待大發雷霆，阿癡央求讓牠們呆一夜看看。三隻小鬼頭出人意外，規規矩矩地排列著蹲在鞋橱上，六隻夜明珠似的貓眼，在黑暗中熒熒的一齊注向床面，將夜光充入牠們主人的四隻烏眼中。第二天阿狂醒來發現三隻貓文風不動規規矩矩的還在那兒，不由詫異。那一夜小鬼頭又要如法炮製，阿狂決意不讓牠們進來，給打了下去。可是第二天早晨打開房門時，卻意外地發現三隻貓整整齊齊坐在房門口等著。阿狂大受感動，阿癡更不用說。阿狂俯下去撫捋阿憨和英國紳士的脊樑，阿癡則蹲下去撫捋阿美丫。英國紳士輕輕地喵了一聲，看起來多麼溫馴善良而文雅啊！阿憨張大了牠那紅紅的嘴喵喵地喵個不停，樣子宛似一隻狗，就只差不會搖尾罷了。阿憨直到牠死了，證明牠是打從內心裏完全信賴人，不分你我，把人認做絕對朋友的一隻貓。每次你接近牠，或牠接近你，總是張大牠那紅紅的嘴喵個不停，一不小心或許誤會牠貪嘴討食，其實那是牠表示牠至純的善意的方式。阿癡聽見了阿美丫發出一種細微的長顫音，那樣的聲音，阿癡養過抱過的任何貓從來不曾聽見過，那是無限溫馨的感銘的情愫的震顫啊！此後三隻貓每天早晨都排列在阿狂夫婦房門口，迎候牠們的主人起床出來。

白天裏，阿狂讀書寫字，三隻貓就喜歡偎在他的大腿上睡。初時，阿狂的脛節顯得過長大腿顯得過高，三隻貓只在下面喵著，阿狂就一隻隻給提上來。後來阿憨和英國紳士帶跳帶爬自己爬得上來了，阿美丫在地面上乾喵著，阿狂就給提補上去。再後連阿美丫都可上下自如了，阿狂就任由牠們來去。阿狂尙且如此，阿癡補綻做女紅時更不消說了。

英國紳士是彈玻璃珠子的高手。阿狂將牠提到桌面上，牠守著桌子的一個角兩個邊，阿狂守著對角對邊和牠對彈，一來一往，英國紳士攻守嚴密凌厲，十次裏阿狂十次敗北，英國紳士永遠沒有失過手。因此阿狂對牠暗暗的有幾分敬意。

長蔗收成後，阿癡喜歡向空田盡西去閒蹓，三隻貓就跟著她腳邊一起散步，宛然一窩狗似的。隨著往西去的蔗田的次第收成，阿癡的散步場也次第向西拓展，直達到鄰村。三隻貓居然跟阿癡散步到鄰村村邊。牠們時而落後，時而超前，一路上互相追逐、跳躍、摔角、捉迷藏，棄貓竟成了天底下最幸福最如意的貓了。

可是牠們也不是沒有一點點兒不愉快或苦楚的事兒，老人家半夜裏的驅逐戰，那是牠們日課般的不幸；此外，阿狂那鄉下頑童本性的發作，也難免給牠們平添一些苦楚。譬如阿狂坐在長沙發的一頭看書，三隻貓在另一頭睡覺，牠們的吭毛聲撓動了阿狂頑童時代的惡作劇脾氣。阿狂聽見吭乳聲，猛一回頭，看見三隻貓連環叮，你吭我的腹邊毛，我吭他的背上鬣，宛如吭著母貓的奶似的。阿狂越看火越大——不是眞火，乃是惡作劇的火，腦子裏思想著，有什麼稀奇的法子作弄牠們一下？嗳呀！可不是嗎？黑人牙膏！於是趕緊跑進廚房，拿出牙膏筒，擠出一截牙膏，在三隻貓的屁股眼兒和生殖器口（二者相鄰）上抹以約量，大約十秒鐘後，阿狂就樂得咧嘴而笑了。三隻貓初時覺得後面涼涼的，接著覺得涼得過分，有點兒刺辣辣的；再接著覺得不妙，總得舔一舔纔好，彎過頭去，伸出舌尖，正想舔一下，一股怪涼氣嗆鼻而來，這東西似乎舔不得，可是卻不能不趕快去掉。於是三隻貓趕緊走下沙發椅，坐在水泥地上，後腳向前懸伸，前腳垂直釘著地面，然後一步一步往前蹉（臺音ㄘㄜˇ），水泥地上立卽拖出三條打薄了的牙膏線痕。牠們在地面上大約要蹉上十來分鐘，默默的，不出一點兒聲音，活像農夫在田地上蹓犁一般。阿癡看見了不禁怒嗔。老人家看見了，先是噗嗤一笑，接著是罵。但是阿狂禁不住誘惑，一而再再而三地一直惡作劇下去，直到三隻貓再也不敢吭毛代乳了纔罷休。

阿美丫苦頭吃得最多。阿狂有時興來，居然獨獨想抱抱阿美丫或撫捋牠一下。但阿美丫往往會錯意，拔腿就逃。阿狂的一片好意受到奚落，便下決心要報復。下次被逮著了，阿美丫照例立卽被幽在書房的窗外，夾在玻璃窗扇與鐵紗網之間。阿狂握了一把水鎗，從紗網外射擊，阿美丫狠命地往紗網上方擠，擠上去又擠下來。阿狂射擊了一鎗水，有時還不罷休，再去灌第二鎗水。後來水鎗被阿癡藏了起來，阿狂就拿原子筆桿去敲打，要不打在頭上，便打在屁股上；不過他打得很輕。阿狂越是整阿美丫，阿美丫越是怕阿狂。阿狂於是死了心，不再去理睬阿美丫。日子久了，阿美丫也就忘記了阿狂的可怕，於是兩個又和好了。阿狂整個冬天裏永遠穿著他那件獵裝上衣，誰也沒法子叫他換上另一件。他的長褲逐條幾乎都是同一顏色——灰褐色。因之阿狂在三隻貓的眼裏，是最跟牠們同類的，永遠是那一襲天生的皮毛，而別人乃是變色蟲，顯然的異類。有一天，大概是正午天熱了些，也許是剛吃過飯喝了熱湯，阿狂脫去了他那件獵裝上衣，阿美丫打從外面走進來，擡頭一看，赫然看見一隻上半身雪白的大野獸——獵裝底下阿狂永遠穿著一件白色長袖襯衫，阿美丫嚇了一跳，掉頭便跑。阿狂告訴我這個故事時，還一直呵呵笑著。另有一次，阿狂在長沙發的這一頭坐著看書，阿美丫獨自在那一頭午睡。阿狂看罷書，回頭看見阿美丫，不由仔細地打量著。心裏面覺著當初給牠起阿美這名字實在枉屈了牠，這「小妮子」，看來滿可愛的嘛！阿狂越看越覺得阿美丫好看。說來微妙，也許是第六感，阿美丫似乎覺到有人在旁邊看牠，居然醒了，一睜開眼，看見阿狂，拔腿就逃。因此阿狂告訴我，他相信動物會做夢，阿美丫分明夢見牠挨打，一睜開眼果見兇神就在面前，不由得不跑。

阿狂對英國紳士禮遇有加，對阿憨則十分疼愛。這阿憨丫差點兒謀殺了牠的人類好友。一天正要吃午飯，母子媳婦剛落坐，阿癡是近視眼，老人家則未注意，阿狂不經意地瞥見了飯桌底下有一團黑物，憑著自小累積的經驗，阿狂直覺得那是蛇，且一定是毒蛇。阿狂驚喊了一聲蛇，三個人一齊跳離了飯桌，阿癡還哇的尖叫著直奔出了門外，待仔細看，果然是蛇不錯，但不是毒蛇，乃是一條相當老大的草花蛇。阿狂不曾見過草花蛇打蜷過，這是毒蛇普遍採取的姿勢，蜷得像一卷蚊香，頭部放在正中央。阿狂拿火夾去夾，發現蛇已半僵了。這分明是阿憨幹的好事，只有牠纔有那麼大的力氣，將這麼一條老蛇叼進來；而且牠的名字就是鐵證。阿狂跟我說時絕不猶豫地這樣斷定。阿狂還說，三隻小鬼纔長大一些時，他曾經看見過牠們怎樣地攻殺了一條無辜的草花蛇。兩兄弟一小妹，活像三個拳擊手，六隻前臂，你一個右鉤拳，我一個左鉤拳，將那條草花蛇掀在空中不停地翻白，直到牠脫了臼，三兄妹你一口我一口，將蛇身咬得稀爛。

自從我認識了阿狂夫婦之後，我也分享了他們飼養那三隻貓的情趣。但是阿狂這一段日子並不好過，阿癡受不了老人家的埋怨，好幾次要去變賣金飾，阿狂硬是不許。我建議阿狂投稿。在鄉下，生活簡樸到了極點，既經棄絕了一切浮華與享受，一個月裏只要賺得到一兩篇稿費，大可以隱遁田園，求得絕對的自我生涯。阿狂一直在著作，卻不曾投過稿，這樣年輕而蘊得住，眞眞有異稟。也許是事實的逼迫，主要還是我的勸說，阿狂眞的投出了幾篇，但不幸幾天後通通被退了回來。阿狂十分氣惱，認爲編輯們見了屏東縣三字，拆都沒拆，壓了幾天，換了報社的信封，就退回來了。阿狂說，他們把屏東縣當非洲。投稿的事老母是曉得的，退稿的事卻不曉得。阿狂終於不得不任由阿癡去自我作主，咬著牙根將他那大男人的尊嚴踩在地下。但是他讀書著作如故。

阿癡的金飾盡了，幸而天不絕人之路，阿狂接到了一張聘書。學校所在，離家約五十公里，夫婦倆還是不得不搬過去。離家那一天我去送行，老母一邊歡喜一邊想念，又是含笑又是掩泣。

阿狂夫婦走後，三隻貓由老人家照顧，夫婦倆每週週末就趕回來過夜。通常老母都是下田不在家，出來迎接他們的就是那三隻貓。有時候連貓也不在家，但纔一呼喚，就都奔回來了。

大約纔三個月還不到，阿狂夫婦回來時不見了英國紳士，自此以後就永遠不見了。連我得了這消息，都不由得黯然神傷。

隔不多久，連阿憨也不見了。母親說，阿憨是她給放逐了的，阿憨會開菜櫥的門，天天偷吃放在櫥裏的魚。阿狂幾乎跟母親吵了一場。但下星期回來時，居然是阿憨頭一個出來迎接的。阿憨從放逐地摸索著，繞過了幾個村莊，避開了村犬，幾天後居然找到家了。阿狂跟阿癡歡喜得流出眼淚來。阿狂連拍著阿憨的頭說：「你其實不憨啊！」

阿狂第二天回寄居地時，將阿憨一起帶了去。兩人都生怕阿憨再遭放逐，第二次也許就沒機會了。留阿美丫在家固然孤單，但母親喜歡母貓，必可無礙。一向傳說，狗是認人不認家，貓是認家不認人。這是阿狂不敢將阿美丫一齊帶去的理由。阿憨是逼不得已，非得冒險不可的。但是阿憨到了那邊，馬上證明了傳說的錯誤。第二天阿憨便由窗口跳出，到外面探險去了。兩人找不到阿憨，躭心極了，那知傍晚時，阿憨竟在後門外喵著。

舊曆過年阿狂和阿癡沒有回來。母親說這時賊多，幾條棉被，幾張桌椅橱箱，尤其阿狂的幾本書，還是值得幾個錢，萬一被偷了，添置起來又要一筆數目。

初五或初四，反正是禮拜天，我去看他們。一進門，見兩人都紅著眼眶，淌著淚，我不由吃了一驚。阿狂帶我進厨房去看，原來阿憨死了。說是初一早回來時，滿身是陰溝裏的爛泥，給牠洗淨後，發現肚皮邊、耳後，頰腮各有深半公分長二、三公分的傷口，大概是狗咬的，和別的公貓決鬪也非不可能。塗了藥，就不再讓牠出去，把牠能跳的窗口都關死了。到了昨晚上，看來十分衰弱，帶出去找獸醫又沒找著，在西藥房裏央求店主人打了一針維他命C，回來一直放尿。今早上還活著，方纔斷了氣。

阿狂正打算帶了阿憨的屍體回老家埋葬。我建議就地了事他不肯。搭車無論火車汽車都是不可能的。最後向同事借了光陽四十九西西，我們兩個都不曾騎過機車，只好騎女人車了。一趟路跑了兩個半鐘頭，中間歇了一程加油。在村外停了車，將車子上了鎖放在路邊，我們判過糖廠的空田——剛採收過，來到阿狂家的蔗田邊，只隔著一條三尺寬的灌溉水溝，長蔗還未收。阿狂思想了一會兒，覺得埋葬在自己的田邊不安穩，甘蔗收成時，萬一母親發現了必定遭挖掘。於是決定葬在糖廠地這一邊。找了兩塊破石片，兩人合挖了一個窆穴，埋葬時阿狂喃喃說道：「阿憨，這裏就是我們的家啦，只隔一條溝，你輕易就跳得過去。阿美丫還在家裏呢！我們回來時會來看你！」說著滴下淚來。

阿狂沒有回家去探望，怕母親盤問。

他要獨自騎回去，我不放心，又陪了他去。

半年後，阿狂又辭職回來了。

這回阿癡再沒有金飾可變賣，老人家以爲兒子總還有投稿一途。往後的日子實在計無所出，我勉強暗地裏賙助他，數目極其微小。但阿狂只要那麼一點點兒就能活，他不茶、不煙、不酒，一頓只要兩碗飯，一片鹹魚，幾箸青菜，飯後一碗白開水。阿狂天生就是一個隱士，不是爲吃喝玩樂爭奪霸佔來，他是爲思索這個世界人間來。倒是難爲了阿癡。我做他們的忘年友，卻是在一旁感到辛酸。

阿狂每次接到我那微量的資助，最多只用力跟我握握手，從來沒說過一個謝字。後來在閒談時他說明了一番道理。他說：下輩人總是負欠上輩人的情，若下輩人想直接還報上輩人這份情，那就愚不可及了，那樣做就完全違背了天道。這個世界是個不可返逆的世界，天道只向前進，能付給後輩人就算還報了上輩人了，有時候還簡直沒機會償付。阿狂這番話固然是眞理，但他目光射出的感激是那樣的深，他這是無可奈何之言。

阿狂暗地裏一直在央托外面的朋友找合適的職業。我勸他熬幾年，將預計要寫的好好兒寫出，到時再說。他確實在寫，一分一秒都沒有浪費，但他總很在意我額外的負荷，表面上裝著若無其事，內心似乎十分難過。

阿狂和阿癡第二次剛搬回來，阿美丫便生了一隻小貓，是母的。老人家異常歡喜，因爲臺諺說：孤貓守粟倉（ㄘㄥ），孤狗守孝杖（ㄉㄥ）。老人家認爲這隻孤貓必然是好貓。可是這隻孤貓直到斷了奶之後，仍然邋遢，在屋裏隨地屙屎撒尿，而且長相越來越難看，有個特大的肚子——阿狂懷疑那裏面是一大包蛔蟲，坐在地上，看來活像一隻蛤蟆，因此大家叫牠䶂䵷（ㄐㄧˇㄨ。ㄐㄧˇ）。後來實在受不了牠的汚穢，一家人都同意將牠放生了。阿美丫生這一胎時，阿狂好生爲牠做了分娩記，又給䶂䵷做了起居注，有意給貓的生態做個完整的記錄，好補足三隻貓來家之前資料的空缺。

這一次阿狂還從寄居地攜回來幾隻鳥兒。阿狂養鳥倒不在於賞心怡目悅耳，他的目的在於生態觀察、壽命調查。但他這額外的功課卻跟阿美丫水火不相容。阿美丫見有現成的家養鳥，整天賊眼溜溜伺機偷襲，夜裏更嚴重。阿狂幾乎每天都費了很大的精神跟阿美丫的賊性鬪。阿狂將鳥養在後門外圍牆內，用細目鐵紗網搭建了幾間鳥棲，讓鳥兒有相當寬闊的空間跳躍飛舞。阿美丫就有那份本事，教鳥兒驚嚇得喪膽，自己著在網目上，牠就趴在那兒連羽毛都吃光，不留一絲痕跡。起先阿狂百思莫解，鳥棲完好如常，鳥兒卻是不見了。後來纔撞見阿美丫這手法。阿美丫先後一共吃掉了五隻鳥，阿狂忍無可忍，決定將牠放逐。這事還是徵得阿癡的同意，阿癡見阿美丫妨害了丈夫的研究，不得不忍心答應，貓還是經由阿癡的手交給阿狂的，此時阿狂早已與阿美丫抉裂，抓不到牠了。夫妻倆騎了車將阿美丫放逐在七、八公里外糖廠的大蔗區裏。阿美丫有的是本領，而且機警無匹，生存是沒有問題的。但是回家後思念得切，忍了半個月忍不住了，又到原地去找，大聲呼喊著，一匹地走過一匹地，大約呼喚了一個上午，喚遍了足足一百甲。一個現場工頭問是否找小孩？回說是找貓。那人不由噗嗤一笑，歪著頭：「貓？阿美丫？」自言自語一直反覆唸著笑著，走向別處去。幾天後，兩人又去找了一次。

翻了年，阿狂又得到一張聘書，這回遠在中部，只有他們偶爾回來探望老母親纔得見面。誰料得到，學期剛結束時，忽傳來他們的惡耗。趕到學校纔知道阿狂交出學期成績簿時聲明不應新學年度的聘。可是阿狂卻不曾回來，阿狂終於鄙棄了這個人世，攜了阿癡走了。

遍找他的遺稿不著，大概悉數自燬了。

日子越是向前進，我越是懷念我這一對朋友。可憐的阿狂，是人世的棄貓啊！

——一九八四、一、十六夜～十八夜

家居的野趣

一般而言，大家都愛住城市，只有老農和詩人纔喜歡住鄉下。固然在自然世界中老天創造了許許多多惹人喜愛的事物，但是在城市裏，更全是針對著人的慾望而製造的人工物品與設施。因之，城市對人的吸引力更大，尤其對一身是慾望的人，城市就等於是天堂。而詩人歌頌自然，攝影家捕捉野趣，他們會不會嗤之以鼻呢？我想住在城市且已進入天堂的人，對於自然早已沒有多少記憶和感情。只有雖住在城市而未進入天堂的人纔聽得見自然的呼喚，對自然纔保有記憶和感情。把自然視爲天堂的人，畢竟少之又少。自然是無慾望的境界，故只當人無慾望時纔能領略自然的純粹之美，而愛它，離開它時懷念它。人是從自然中來，人離開了自然之後，照說對自然應該有一份永恒的記憶與鄉思，每一個人在心裏面都會時時聽見自然的呼喚，這是人們一見到自然就會打從心底裏歡喜起來的原由。尤其當城市當人世對於一個人並不是天堂而是地獄的時候，人們對自然的記憶與感情就會全部甦醒，而渴望返歸自然，即使實際不能返歸，也希望時時接近，若連時時接近也不可能時，只要嗅得到一絲絲自然的氣息也會感到安慰與滿足──這自然的氣息，便是本文要談的家居的野趣。

一、城居的野趣

住在臺灣尾的僻鄉，有時半好奇半關心地打開電視機來想看看大城市裏的人們怎樣過活？發現城市的居民們週末星期假日，一例的大量湧向近郊的風景區。可知城市對於城居者，似乎並非盡是天堂，他們顯然強烈地懷念著大自然的故鄉。然而自然的基本要件是寧靜，沒有寧靜就沒有自然。而電視畫面，莫不是人山人海，擠滿道路，擠滿草坪。像這樣大批人馬的潮湧，人群到了那裏，那裏就不再是自然，豈不是白白的浪費了週末假日？倒不如靜靜地坐在公寓裏的窗口邊，優閒地眺望那僅能眺望得到的一小片的天也好。

眞能到外面踏踏青當然最好，但那一定得找個無人之處纔行；否則，動不如靜，即使是城居，多少也有些野趣可尋。像法國文學家 L. Souvestre 居住在屋頂間，雖則偪仄一隅，依然從窗口得到了無窮無盡的野趣。他從那裏看到了遼曠無邊的天空，欣賞到了柔美的天色，雲霞的變化；從眼下所見櫛比鱗次的屋脊，想像到阿爾卑斯山；第一次降雪時，想起了冰山；而人家煙囪冒出的煙，令他想起了維蘇佛火山。陽光照進窗口，乃是他溫暖快樂的訪客。每天早晨，麻雀吱吱喳喳在窗口叫喚他，他照例推開窗，撒些麵包屑在窗下的屋頂上；有時候，他把麵包屑托在手掌心裏，讓牠們跳到他手指上來就食。剛昇起的陽光斜照到他的寫字小桌，他看到陽光，也聞到了花香。有誰能比他更親切感到那小桌上陽光的移動呢？在大片陽光底下，誰能眞正攫住陽光全部的美？這倒是城居人失之東隅，收之桑榆的報償。他發現窗遮鉛架暴縫裏就藏著麻雀的巢。若你願意，你的公寓四周也會有麻雀或燕子和你結鄰。只要表示善意，牠們就來了。

夜晚的時候，若你滿足於電視的殺殺軋軋那就沒話說，否則關掉了電視，熄了燈，還是可以從窗口或陽臺欣賞到星輝或月光。在室內，仔細聽，或許還可以聽到大自然幽泉般的夜曲。有一種鳴蟲，自從舊石器時代便一直跟人類生活在一起，形體跟蟋蟀相似而小，肉白色，居住在人們很少搬動的橱櫃下的壁角，只對邋遢的人纔有害，因爲牠也頗喜歡咬那些像廢物一般堆積在壁角邊經年不翻動的衣布或簿册紙張。牠的名字叫竈雞，古詩上叫牠促織——詩人認爲牠的鳴聲好像在催促那時的婦女要她們及時紡織。我則叫牠詩蟲。牠入夜即鳴，牠的夜曲比什麼人間音樂都好聽；或許牠是彈唱著人類還在草萊時代之前那太古昆蟲世界的史詩呢！但是自從殺蟲劑在住家間應用開來之後，尤其是現代公寓，竈雞很可能絕滅了，這是莫大的損失。若你的公寓裏萬一聽不到這大自然的詩曲，我建議你先將蟑螂徹底清除過，再從鄉下移殖一對回來。只要說出「竈雞」二字，牠大名鼎鼎，無人不曉。回來將牠們放入壁角下，用不到要飼料，牠們會自己生活得很好。大概第二天晚上，貴府全家人就有大自然的美妙樂音可聽了。

城市人家居的野趣，通常是由下述幾樣人爲的設施而得，諸如種幾盆花草，擺幾個盆栽，吊一籠鳴禽，掛一幅山水田園畫（近時頗改用貼攝影印刷的大幅風景壁紙），插一盆花，養一水櫃熱帶魚；家境好些的，還造一小方假山假水。這些確可以供給家居不少野趣，裨益身心。其中最有效的莫過於那一小方假山水，卽使僅僅三尺寬丈二長，只佔一坪地也很使得了。我想今後的公寓，這樣的小假山水應列爲第一設施，沒有這份設施，就算是不合格。不過我對於盆中的花草色有點兒建議。通例居家種的花卉，全都屬於庭園花草，其中多半還都是外國品種。我以爲這只供給了美觀美感，而缺乏眞正的野趣。倘若能改種本島路邊籬旁常見的草本，就會有置身田野之感；而且這種野草野藤雖不必有鮮豔的花色，其生機的蓬勃旺盛與不可約束的野性，纔眞能使屋宇中磅礡著大自然的生氣。一般草本種類頗多，可隨喜好種植。而且可以時時更換種色。至於藤本，我建議可種種雞屎藤、毛西番蓮、小牽牛、金星蕨等等，也可時時更換種色，勝似長年種蔦蘿、何首烏之類，缺少變化。

再是若家裏沒有假山水，可置幾個一、兩百斤重蟠著白條紋的溪石；雖是頑石，其饒有野趣，並不在有生物之下。

城居的野趣現在又多了一項，那就是自然影帶。但是請勿忘了還有一項更豐富的寶藏，那就是你的書架上擺著的吟詠山水田園的詩篇，和用寧謐而細緻的筆所寫的同類散文。不要慨歎城市裏沒有自然，只要你想望自然，自然就與你同在。

二、鄉居的野趣

城居的野趣絕少被城市人閒卻，而鄉居的野趣卻幾乎全被鄉下人閒卻了。鄉下人懂得領略野趣的幾乎沒有，這事聽來必定很教城市人吃驚。愛默生和梭羅都寫過這一類的話。愛默生寫道：「這一塊農圃是張三所有，那一塊是李四所有，而周圍的樹林地是趙五所有。可是他們之中任何一個都不曾所有這一片風景。」梭羅寫道：「一片田園之中，詩人欣賞了最寶貴的一部分，之後他就揚長而去。倒是那峻刻的農夫，為來為去，僅僅是幾枚野蘋果。」我自己是農家，我發現農人天再藍，地再綠，都視而無睹，任鳥唱蝶舞，全不經心，農婦老一輩的很愛在頭上挿花，卻不是爲了好看，乃只爲了花香。農人幸福地生活在自然之中，卻是人在福中不知福。當然在旁人看來，這是令人吃驚的光景。但是自然的好處，在農人的生命中卻全都起了作用，只是他們不自覺而已；也許這就是莊子一再宣示的最高幸福的渾沌罷！故莊子說：「同乎無知，其德不離。同乎無欲，是謂素樸；素樸而民性得矣。」

現時的鄉村，有一半已都市化，居屋夾街而立，汽車機車電掣雷轟而過，比起城鎭還更加嘈雜危險，時常有幼童在街道中被車輾斃，這個在城鎭中反而是沒有的。在鄉村街道上，車輛時速五、六十公里是常事，有十分之三、四的機車和鐵牛車常以八十公里以上的速度馳過，派出所就在街道旁，警察不聞不問。像這樣的鄉居早已算不得是鄉居。眞正的鄉居都在內面，但也不比城居好多少，樹木全無，庭面盡是水泥地，寸草不生。比起城市人的近郊別墅，鄉村居戶之乏野趣，簡直可憐。倒令人覺得對自然的愛好，好似全出自教養，而不關本性；教養越高，愛好越深，反之則越淺，乃至全無。

然而鄉村之多野趣是不待言的，一個城市人一旦有福在田園中結廬住下來，一定會被那麼多的野趣吸引著，願意放棄都市的繁華享受，終老於斯，因爲自然之趣是單純的、健康的。一所構築在田園中的住宅，只要站出門外，便可看見遼闊無礙的天空，那上面正就包含著無窮無盡的野趣。同是這一面天，隨著高度與方位的不同，就有各種不同的顏色；不論其顏色有著怎樣的微妙變化，都是柔和可愛的，而且單是它的遼闊，就可以治癒你從實際人生所受的煩悶、抑鬱、憂慮乃至悲傷。而古人所謂三光的日、月、星，也有你欣賞不盡的美，就在這一面遼闊的天空中展現著。細心觀察，可發覺地面上陽光的位置日日在改變。隨著季節的變換，可發現太陽在天上是由南而北，或由北而南，一天天都在移動著，而它的光度也一天天有變化。單是從美的欣賞上說，太陽一天裏就給人展現兩次造化：神奇的日出與多彩的日落。一個人不必多，只要早晚能夠面對著這個造化的光體兩次，目迓日出，目送日落，其生命必定每天都能獲得淨化，在天地間，像一朵花似的綻開著，放出芬芳。至於月盈月虧，那更是夜裏最誘人的美景，而無月之夜的萬點繁星，又是何等的可人！試想想夜裏的光色與光度，有能夠比月光與星光更合宜的嗎？於此可知老天創造的完美。若細心觀察夜空，也可發現星月與太陽一樣，位置日日有變化。星的變化，四季輪轉，夜夜西移。月的變化是三光中最不規則的，十數天前看見新月在南迴歸線上，十數天後卻發現滿月竄過了赤道之北；兩個月後，又見新月在赤道上，而上弦月則竄到北迴歸線，滿月又回到赤道上，下弦月又竄到南迴歸線上。而金、木、火、土四行星，在星空中，則宛似流浪漢，在黃道上到處流浪；水星是看不到的。

天空中雲的變化更是超過了一切，而且有著各式各樣的美。雲不僅有各自不同的形態，也有各自不同的高度。雲，最高可高到一萬公尺，最低可低到兩、三百公尺，甚至零公尺。最高的雲就是最美的冰晶雲，像白薄紗，像白雞羽，輕輕的抹在青天上，眞是高不可及，美不勝收。其次是魚鱗雲，一小片一小片像魚鱗一般密排著佈滿天，也是白色的，隙縫間可看見藍色的天壁，最低大約六千公尺高，也是美不勝收。再次是靜雲，灰色的，保持著同一水平，彷彿給藍天拉上了一整片的戲幕，高度自接近三千公尺至四千公尺不等，也柔美得極可愛。再下來便是雨雲和夏雲了。雨雲可自兩、三千公尺覆蓋到零公尺，大有潑墨之致，險惡之象，最是驚心動魄。惟有夏雲最不雅觀，無論是層積雲或棉花團狀四處遊蕩的朵雲，都令人厭惡；尤其後者，一如人們在草地上亂丟紙團，污染了天空，那是天空中惟一的缺點，乃是老天要配合可厭的炎夏，例外設計的。

地面的野趣比起天上更加繁多而且接近。一所典型的鄉居，總是座落在碧樹綠草間，每一棵樹每一根草的形態、生態，時時刻刻都足以令你入神，而且它還是四面環繞著居屋的一個圓形舞臺或歌榭，整天有大自然裏最優異的歌者輪番登場爲你歌唱，最出色的舞者爲你表演，那就是鳥與蝶；還有其他數不盡的昆蟲蜂類穿梭來去。即使是一個人獨居，也永遠不會感到寂寞。你的住屋或許只是幢平屋，可是由城市人的眼光看來，那不啻是一座大公寓。不見屋瓦間還有十數對麻雀築巢？牠們有時候竟會不小心從瓦縫間滑下來在屋裏飛著找尋出口，有時候還把巢中的蔗根和整株的枯草蹐落在你的書桌上。而樑間則有燕子築的泥巢，早上或許你起得晏些，牠們便在廳裏徘徊飛著，呼喚你開門，好讓牠們出去捕蟲餵雛。你掃地時，或許就額外地掃到了這樣的幾枝蔗根與枯草，和那燕雛倒退到巢口屙下來的屎；你當然樂意有這些額外的事兒做。再上下四方看看罷！壁上有壁虎（臺語叫動蟲），壁角有蜘蛛，橱下有竈雞，甚至於最陰暗的夾縫中還有你不喜歡的蟑螂呢！算一算，你這幢平屋的住戶並不比大城市裏的大公寓少。大城市裏的大公寓住戶雖多，彼此似乎很少打招呼。但是你這平屋裏的同寓者則不然，牠們個個不是藝術家便是音樂家，牠們不是把自己打扮得各具特色，在你眼前招展，便是日夜歌唱著，刻意要讓你歡悅。清代的宦遊者來到臺灣，發現濁水溪以南的壁虎會鳴，有的說牠的鳴聲似黃雀，很好聽；有的說牠徒擾人清夢——我想這後者必定性近於睡豬。濁水溪以北的壁虎是否如大陸的壁虎不鳴，我倒忘記觀察，南部的壁虎連白天也會鳴。壁虎尚且如此熱情，其餘可以概見。

實在說，鄉居裏裏外外儘是野趣。只要你眼睛開著，耳朵張著，就會一如照像機和錄音機，在你的心底板上攝下什麼美影像、錄下什麼美樂音來；有時候在不經意之間，或許就攝下或錄下什麼稀奇的對象。比方說，四月底的一個下午，我在洗澡間洗手，眼睛望著窗外一片生長得很好的田蓼，大約有一公尺半高，不由得讚歎著欣賞著。但不經意之間就瞥見了約一公尺高處有一個小小的鳥巢，是撕了白茅的葉子一絲絲編織而成，小茶杯大，薄薄的，有一隻母鳥伏著。多美的景色啊！於是我在生活大事記上記下了如下的話：

四月二十八日下午，浴間窗外四尺許處發現一個陶使（灰頭鷦鶯）的巢，母鳥正在孵卵。

距窗四尺？幾乎伸手可及！難怪前幾天裏常見牠停在距巢一尺外的馬纓丹枯枝上在曬太陽、伸懶腰、梳理毛羽。可惜三天後巢被毀了，不是貓便是村童。四月二十日我先已發現庭右角樹蘭上有草鶺鴒（褐頭鷦鶯）在營巢，二十八日再發現浴間後的陶使巢，那一兩天眞是樂不可支。五月十一日發現草鶺鴒開始啣蟲餵雛，以後每當黃昏我就搬了張椅子坐在門前看，常見母鳥出巢時嘴裏叼了一小白包，飛到圍牆大門上往外丟，有時候則丟在鄰居屋頂；那是幼鳥的屎。十九日早上還見育雛的，傍晚時竟不育了。二十日起母鳥再不來了，幼鳥分明有了意外，大概是劍龍的小堂兄弟樹蜥蜴，不然便是白頭翁，白頭翁也常飛上樹蘭。

再依據我的生活大事記，今年報春鳥（短翅樹鶯）報春是在二月十二日，以後牠天天一破曉便在我的臥房北、西兩面窗邊歌唱。北面是一棵蓮霧，連著灌木雜草接到浴間後的田蓼，再連著一大片午時花和萱，蓮霧後面有幾棵老檨。西面是三棵十二公尺高，胸高直徑二臺尺的老檨樹，樹枝直探到窗口。自這一日之後，每天早晨我都在報春鳥的歌聲中醒來，而且躺著直聽到滿足了纔起床。三月三十一日起，牠不唱了。四月六日還聽見牠的截截聲，大概一兩天後牠就跟藍磯鶇一道北返了。

我的生活大事記又記著：三月十九日，雲始成形。臺北的讀者看到這一條記錄必定吃驚，北部整個冬天和春天都在下雨，說是到了三月下旬雲始成形，豈非天方夜譚？南臺灣的冬春，世界第一，遠勝於地中海的意大利。只有三百多公里路，爲何不下來？

去年十一月中旬檨弄花，今年三月下旬檨果已如指節大，最大者如拇指首節。四月中旬已有土雞卵大，全樹纍纍如掛飾；尤其是臥房西一丈許外的那一棵，一層層環著樹表勻勻的自上而下，直垂到地面，美得不能再美。五月五日第一粒檨黃。二十日以後漸有檨落。六月以來，整日夜時時聞見檨落聲，極饒詩意，不論書窗晝讀，或臥榻夜眠，聽來都有悠然世外之感。

鄉居的野趣是寫不盡的，但願有枝妙筆，全都寫下來，獻給城市的朋友！

——一九八四、六、十一～二十

訪草

我很少訪人，卻常訪草。朋友們都有職業，各忙各的，而草則永遠安祥的在那兒，我自己便像一株草，總在家裏，朋友們來，很少找不到。

這個世界若沒有了草，人便無法活下去。一個地方若望不見草，對於我就成了牢獄。此時我活在草種多到讓我有選擇的地方，就像食品多到讓我只選取佳肴珍羞的筵席一般，故我感到十分幸福——雖然對於我自身以外的世界我感到十分不幸。

我的園牆門，就像陶淵明說的「門雖設而常關」，門門經常蒙著一層鏽，偶爾開門時，就粘滿了手：有客來時，到村子裏去買吃食時，上城市買書時，出去訪草時。

單是庭面上便有三、四十種草，其中如碎米知風草、小畫眉草、線葉飄忽草，便可愛得有如小天使，有如天眞稚氣的小女孩。有了這些草，我實在可以不必再去拉動那生了鏽的門門到田野去。可是一如家裏雖有幾橱架的書，時而忍不住還是要出去買幾本，這庭面邊的草就好像是我的另一橱架的書，每日閱讀著、摩挲著，給了我無上的快樂與安慰，然而既已知道外邊還有些橱架上沒有的，就忍不住要出去。

有時正看著書，書頁上忽照出一片明麗的陽光，一排石決明鮮黃色的花，像一群黃蝴蝶在陽光下閃爍著，於是我便拉動了那生鏽的門閂出去了。

日曆撕到了九月一日，大溪床上整大片雪白的菅花開始展現出臺灣無可比擬的季節美。這九月的初旬中旬，我出去歡迓，下旬我出去惜別。

有時我在沒有車輛來往的大阡陌間漫步好幾公里，爲的是要長時間從夾道兩旁無盡延展前去的草獲得綿綿不斷感到的溫馨。

紅毛草庭面就有，白茅庭下也有，一時渴念起那大景觀的粉紅和白，我也會禁不住出去。

看見大片藍天有一塊映綠，那底下或許是一片新裝的草原，於是我也出去。

在田畔路旁蹲下去跟草說話，是我最大的愉快。

各個角落有各個角落的草。有時我不出門，就在屋角邊訪草，或者反過來說，草到家來訪我了。一連下過一、二十日的雨之後，那大樹底下的屋基或後牆上，就不期然有一片新綠吸引住我的目光，蘚苔和小冷水花不知幾時來家了。

蕭、艾、蒿是草原三姊妹。艾、蒿庭下就有，蕭則已隨著童少年時光一起消失，於是它成了我的童少年時代的象徵，每懷念起童少年時光就想起蕭，懷念起蕭就想起童少年時光。那一年我在近山腳的荒地上發現了一小群落，彷彿見著童少年時光返轉。不久再去，已杳無蹤跡。一個小學生在那裏放羊，問我何所尋？我說尋蕭。小學生笑著說：搬家了。我問：搬那裏去了？小學生說：搬到無人的地方去了。的確，這個時代有人的地方萬物就不好存活。最近我在絕對無人到的山腳溪床沙地上發現了一大片。啊，但願這個地方永遠不會有人到，好讓我的童少年時光跟蕭草群落一起常駐！

十一月起，小金英（兎兒菜）遍地是，隨著朝日的昇起，滿田野綻開千千萬萬朶黃金也似的小花，燦爛的閃爍著千千萬萬點的金光，彷彿大地隨著季節來到，那土層中含蘊著的金質就凝聚著開成了花，要來增飾南臺灣美麗的冬春二季一般。這個季節一到，我就頻頻拉動園牆門的門閂，門閂再不生鏽了——而且雨季也過去了。小金英隨著日出展蕊，直開到晌午便一齊閉合萎謝，第二天晨光開了它又隨著而開。這半年花期的田野，上下午截然是兩樣世界。下午在田野間走著，會覺得上午直似幻境。但是這一、兩年來遭村人當藥材無保留地採拔，景觀已經衰殘。

春天一到，滿路滿阡陌原是到處黃蝴蝶，一忽兒停在草尖上，一忽兒飛起，千點萬點，明明滅滅，起起落落，停下時是蝴蝶花，飛起時是花蝴蝶——我一直將它看成世上惟一會飛會舞的花，是異常珍貴的景觀，卻也已隨著童少時光消逝了。今年初，我在一處已枯的豆田看見了約五十隻的小景觀，諦視良久，看到慘澹而且褪了色的童少年時光，不由感到一陣悽然。

村人每個人都記得全村人的名字，在村道上遇見，不單是點點頭或揮揮手，而且還喚名。田野裏的草，對於我，就跟村裏人一樣，在路旁田畔遇見，我總要喚喚它的名字；有的，我甚至會站在一旁告訴它說：「你曉得嗎？你有許多名字，也喚這個，也喚那個。」比如蕭，也叫香蒿，又叫青蒿，又叫茵陳蒿，臺灣農人還叫蚊子香——農家大量用它來爲牛薰蚊，使得蕭很快趨於絕滅；而現在農村沒有牛了，蕭看著可能復蘇了。

英國偉大散文家喬治吉辛喜歡遇見不認識的植物，藉著書本的幫助，下一次看見它在路旁閃耀時叫出它的名字。能夠叫出原是不認識的草名固然快樂，但熟悉的草，喚著它熟悉的名字更加親切。

我不是食草的動物，但我沒有草便跟食草動物一樣活不下去。我固然喜愛孤獨，但若不是天上有千萬點星星，地上有億兆根青草，我一刻也無法孤獨下去。其實我有這麼多的伴，我並不曾孤獨過。我所謂孤獨，只是求脫出世塵的薰染而已。

——一九八四、九、七之夜～九之夜

報春

蘇東坡詩云：「一年好景君須記，最是橙黃橘綠時。」此詩雖是寫的江南秋盡冬臨之景，卻可移於南臺灣。北臺灣此時因東北季風已行，天氣陰濕，反而不合。南臺灣因有中央山脈障蔽，一入舊曆十月，天高氣爽，風和日麗，好天氣一直維持到次年春末。故每當舊曆十月，橙橘陸續上市，而頭上是碧藍微笑的天空，便不由的憶起蘇軾的這首詩。

舊曆十月而後，南臺灣的住民，尤其是下淡水溪以南的住民，便彷彿在一夜之間全數被某種奇異的幻化移入仙境一般，他們一覺醒來，睜開眼看去，便看到了檢點不盡的美：無邊的藍天彷彿在微笑，青翠的田園宛似無框的圖畫，清澄崇偉的南北太母山有如大地的雙眉，草花開滿原野，冬留鳥迤邐自西伯利亞、華北趕來，晝則陽光明媚乃至嫵媚，夜則星月交輝，夜空澄澈得幾乎可以肉眼望見六等星，大氣輕盈彷彿有著浮力，人物走動，幾疑太空漫步，地心引力在這仙界中不由的自動減去了幾磅。

於是下淡水溪以南的住民心地變得異常良善而優美，沒有傾軋，沒有爭鬪，人人無不盪漾著無邊的喜氣與歡悅，愚者憨，而智者慧。他們回憶起上半年的生活，恍如一場惡夢，不敢信以爲眞。

十月，十一月，十二月，此時已到了正月，當北臺灣陰鬱冷濕得令人幾乎要發狂的時候，下淡水溪以南的天空至多罩上一層薄薄的雲氣，即使冷鋒壓境，照例上午和傍晚都見日；平時則陽光朗照，碧天如水。自年底以來，下淡水溪以南凡有樹木臨窗的人家，無不是在報春鳥的報春歌聲中醒來。本次報春鳥來到，我的日記所載是新曆十二月初三日，牠始唱報春歌，是在舊曆十二月二十三日，亦卽新曆二月十二日。舊曆元旦一早，牠便來在我的臥房窗外憨唱。初二、初三，直至今日初四，每早我都在報春歌聲中醒來。

報春是種小型鳥，身長自十二公分至十四公分，不起眼的褐乳色，微帶一些綠意，細喙白眉。牠初到時，總是躲在籬下截截地鳴。牠到了下淡水溪以南，沐浴了世上難得有的明媚陽光，一天天地在生命內裏聚積起春意，直到那一天牠生命中的春意既已聚滿，便慇懃地把春歌向人間遍唱，自天甫明直唱到日落，一直唱到新曆三月底。

Ho Ho Ho Ke Kyo, Ho Ke Kit Kit。有誰曾經在這樣的憨聲春歌中醒來，眞的是

「曾經滄海難爲水」，就不可能想像得出世上還有別的鳥聲。自恨原憲蓬戶甕牖，不堪供北客曉枕一聽春聲，否則我眞的願意虛至三月底。

——一九八五、二、二十三

狗

男人的生命角隅裏似乎天生就擺著一隻公狗窩，一如他的屋子裏擺著一張供女人睡的床一般。坐在屋簷下，腳邊伏著一隻公狗，忠心的，朋友似的，兄弟似的，這麼一個異形體的盟伴。牠或者伸伸火燄似的舌頭對他吐吐氣，或者翻起眼瞼來看他一、兩眼。走起路來，二者如影隨形，兩個心靈永遠那樣貼近，預備隨時併肩協力，卻是全用不著言語。這是生物界稀有的奇特景觀之一，兩個異類生命套在同一個框子裏。

因爲這個生命框子，便不難理解，有人口處就有狗口；即連科技滲透一切的現代大都會，看似全無容狗功能處，而狗口依然跟隨都市人口而生長。男人生命內裏確是自始就帶著這樣一個異形體的兄弟或盟友，爲男人所不可或無。當然女人也不是不愛狗，女人是男人的一半，凡男人之所愛，她自然也有一半的愛著。不過女人總是將狗當寵物，因此她們眞正喜愛的多半是小形體的狗種，這跟男人本性裏那併肩協力的盟友愛是有些出入的。

平生只飼過一隻公花狗，跟平生只養過一次貓一樣，令我不時的熱切懷念。看著別人帶著一條狗走在路上，異常羨慕，過去自己帶著公花狗一起走路的溫馨感、協力感便不期然地油然而生。人生，一段段地過去，無可奈何地過去了，即使有機會再飼一隻狗養一次貓，年事已非往昔，過去絕非可以重演，觸心將多於賞心，想想，還是算了，因此我不再飼養貓狗。說我是對貓狗一往情深也好；對人，反而少有這樣情深的心境。人跟人之間，總是有遺憾，總不似人與物的融融無間。

雖不飼狗，卻滿目是狗。夜裏不時可聽見狗吠；蟄伏蝸居，白日裏也不免有狗來訪。聽見一陣沙沙的枯葉聲，那準是狗。走入果園，你那裏曉得有一隻狗伏在枯枝堆後，貼著耳朵，儘窺伺著，好像牠是小偷，正犯著罪行，生怕你發現了牠，將牠揪了出來似的。待你走近枯枝堆前，牠委實急慌了，不得不不顧一切地蹦出來，一溜煙，向天之邊地之角流竄。你說牠是什麼樣的狗呢？牠，不折不扣是隻魁梧雄偉的大公狗哩！然而牠自知理虧，羞於見人；其實牠只不過走進果園來散一會兒步罷了。你說，牠可愛不可愛？

有一對狗，都是公的，同是土黃色的皮毛，大的一隻形體類似瑞士高山上的救生犬，稱得是碩大；小的一隻，其實體型比一般土狗還粗些，只是跟身長身圍對比起來，腿腳嫌短些。這一對狗，一前一後，一隻垂耳，一隻豎耳，老是橫著果園走過，一天要過十來回，永遠循著一條固定的路線走，一步不差，日久居然走出一條結實的蹊來。徐仁修先生看見了，嘖嘖稱奇，還拍了照。牠們是那一家的狗呢？來來去去，由這一頭入，由那一頭出，不知道到底在忙著些什麼？靜靜地在一旁觀看，看久了彷彿覺得看見兩個穿了登山服的探險家，正在走向他們的征途，一前一後，還不停地在討論著些什麼。但牠們一天往復走好幾回，則又不像是探險家了。不管牠們像什麼，牠們一從這一頭或那一頭出現，我就覺得牠們是彷彿兩個人類，我一直是這樣的感覺。這一對狗為什麼老走在這條路，我一直不解。而這一條路也只有牠們兩個走。但不論如何，我一看見牠們，心裏就感到愉快。牠們是一對好友，沒有第三者的一對好友。若有一天牠們消失了，我定會悵惘無似。有時候我也會循著牠們的蹊走一遭，蹊的兩旁盡是草，我一向放縱果園裏的草。我試著想像我也有一個好友，我們每天來來往往走出了一條小蹊徑，一前一後，邊走邊談論著，那情景多麼令人想望啊！不久前看見那隻救生犬頷頸上套了項圈，還拖著一條鐵鍊，很為牠躭憂，生怕牠給卡在某處脫不得身。果不出所料，半個小時後，牠們又從南邊那一頭進來了，在北邊那一頭，鐵鍊就掛住了，掛在鐵蒺藜的刺尖上。那小的一隻在前，竟未曾察覺，留下那隻救生犬默默站在那裏。若無人救牠，牠餓死前定會先渴死。我走了過去，牠恐懼地朝我狂吠。花了約五分鐘的時間，我用友善的聲音讓牠安了心，然後解除了鈎掛，牠卻依舊站在那裏不走。心想直截解除牠的項套纔好，只是恐怕有幾分冒險。我將鐵鍊向前方丟了過去，牠纔曉得是解開了，望了我一眼，拖著鍊條向前走去。我頗爲牠躭心，萬一牠在別處又掛住了，怎麼辦？自那天以後，有半個月了，未再看見那一對狗，心裏未免大大地狐疑著。牠，生死未卜。希望是給牠的主人鍊住了纔好。

誰能像老天那樣兼包並容，無選擇無好惡之情地接納一切？世人也許無有。果園裏前後來過兩隻癩透了的大獵狗，在先的是隻母的，後來的是隻公的。那公的引我厭惡的時間並不長，不久不知所終。那母的一隻，令我厭惡到了極點。一個人不曾看見過癩透了皮的狗，便無法想像那嫌惡人的情況。牠遍身沒一根毛，牠那沒有毛的皮看來彷彿是鉛片打成的，到處是褶襉，是疙瘩，還發著惡臭，而且步伐踉蹌，東倒西歪。敞棚裏擺著四把蚶仔椅，那是家裏接待客人的半露天客廳，每早起來，都看見牠窩在椅子上睡，午間又來窩著午睡，每把椅子牠都睡，一回睡一把，每次都掉下許多痂片，也有濕的卡在人造藤的夾縫裏，窩囊之至。這條狗，教我每天沖洗椅子一次以上。也有這樣可厭的狗。後來我發誓要打殺牠，向牠大聲吼叫，且擲石頭，牠不見了，卻是死在果園的另一頭。

這條老癩皮母狗給了我大而持久的衝激。我是唯美主義者。唯美主義者說來是殘酷的，唯美主義者一般都缺乏耐醜性；也就是說，唯美主義者對醜沒有忍耐力。世人有誰能永遠是年輕的、健康的？年輕健康且未必是美，何況是病態老態？唯美主義者對病人和老人，卽使有愛心，能耐得多久呢？這實在是件可怕的事實。身爲唯美主義者，處處遇見艱難。看見那隻老癩皮母狗的第一眼，便感到莫名的嫌惡。也曾經冷眼旁觀，流露出憐憫，然而終是嫌惡超過憐憫。近來，對自己也漸漸起了嫌惡。人總不能科頭垢面見人，早起梳洗，曉鏡銀絲，眼看著自己一天天的越來越老越醜，禁不住厭嫌暗生，屈指距那老癩皮公狗的日子已不遠，正不知將來會怎樣對待自己？人生不應有醜有病有老，人可以剎那毀滅，不合受這陵遲。美人遲暮，對唯美主義者來說，這是人世最殘酷的一項事實。那老癩皮公狗母狗，曾經年輕過，標致過，但願是那時遇見！既已成了垃圾，不論在彼在此，是人是己，豈能不以垃圾處置之？

今年夏天裏發現一隻半癩皮狗，這半癩皮狗如今卻令我喜。對於唯美主義者，這眞是件不可思議的事。

那時天氣委實熱，到村裏雜貨店買東西，看見貨架中間通道上磨了碎白石的地板上躺著一隻半癩的狗，在那裏熨涼。一陣嫌惡，不由的踢了牠一腳，那隻半癩皮狗厭了尾巴溜了出去。這間店是一對母女開的，女兒來應門。我指給她看。這女兒輕鬆地回我趕牠不走。我在心裏自語：你幸而不是唯美主義者。其實唯美主義者並不是天生的，人格原是後天塑成的，你塑它什麼主義便成什麼主義。下一回去，又看見那隻狗在那裏，又踢了牠一腳。後來那隻狗一見我便自動溜出去。她們母女倒不甚介意。幾個月過去了，一天，小學放學時間，這女兒的小孩子背著書包回家來，我剛走到街上，看見那隻狗在半路上迎接他們小兄弟，一派的歡喜，跳上去，攔腰親暱地咬著，多感人啊！我跟那位母親談那隻狗。那母親一疊的讚美，說這狗多死忠，多漂亮，還扳起牠的頭來，「哪，你看，牠這臉多秀啊！」其實，我一點兒也看不出牠秀來，牠終究是隻半癩皮狗。「牠是頂莊的棄狗。我下田牠跟著我下田，揮也不走，趕也不走，打也不走。牠身上發臭，討厭死了。可是牠就是死跟著我。我回家來，牠也跟回家，待在家裏，不出店門一步，絕對不出去跟莊裏的狗玩耍。這是隻好狗。既然牠決心要做我們家的狗，牠那樣死忠，我們就收留了牠，給牠治蝨。你看，現在牠的癩皮都快好了。」母親讚美了一陣子，女兒也過來讚美了一陣子。我發表了《田園之秋》，不少讀者認我是高人。若我是高人，這一對母女該算是超人了。眞眞羨慕她們！然而所謂超人也者，不過就是個常人罷了。做高人易，做常人難。孔子在二千多年前一再感歎地說：「中庸之爲德也至矣，民鮮能久矣。」中庸就是平常。人類自從進入文明，人人都想出人頭地，沒有人願意做個尋常的人，這使得人世大亂。人人都是高人，常人不就成了超人了嗎？

村子裏有隻黑狗，走起路來格外威風，遇見牠是件愉快的事。牠已不年輕，若按照人類的年齡來計算，約當六十耳順的年紀，怪不得牠老成持重。牠的烏毛不止已失去光澤，看來還有塵味，而左右臀上因著歲月的磨蹭，各結著一片比十元錢鎳幣還大些的厚繭，豎耳翹尾，臀、尾毛蓬鬆而微長，顯見得牠不是純種土狗。我坐在長板凳上候車，牠沿著這一邊的路旁，緩緩的、莊重的、威風的踱過來，豎耳翹尾，昂首直視，旁若無人，好不尊嚴。其實牠的個子並不大，土狗的中下身材，而氣概十足。牠踱過去纔十數步，又轉了回來，依然是先前的姿態。來到我的前面時，我禁不住嘖嘖地喚牠。牠竟友善而威嚴地拐進來，聞聞我伸出的指尖，然後又向前踱去。我滿心是歡喜。萬物靜觀皆自得，人世只差少有靜觀者，因之也就少有自得者。

——一九八七、十、十七～二十八

小女兒的蟲鳥朋友

小女兒一直沒有人類朋友，如果父親和祖母不算是朋友的話。她當然不是沒有朋友，她的朋友盡在自然界裏。人這樣的生物很難想像沒有同件，沒有同件也得有異件。總之，人似乎是一定要有件纔能生活下去的一種生物。在生物世界裏，身爲生物，那會沒有件？件是到處隨時都有的。人隨便住在那裏，一定就會有件。一隻鳥在枝頭對著你唱，那不是件嗎？一隻蛾繞著你旋飛，你的視線跟著牠轉得撩亂，那不是件嗎？即使單是那一棵默立不動的樹不也是件嗎？只要有一叢草在你腳邊，你就有足夠的件了。因此小女兒沒一個人類朋友，卻說她有許多朋友。的確，她有許多朋友。

今年元旦上午，陰，微寒，砂庭上有一隻小土蝠在踽踽獨行。噢，太危險了，赤項蜂就在四周轉，痲雀到處是，老父急急將小土蝠拈上來，放在手掌心裏。小女兒湊過來看，

「啊，小丁丁。」小女兒給周遭的蟲鳥命名之快捷出人想像之外，就好像是老朋友，早就相識了，彼此呼喚過千百遍名字一般。「是的，小丁丁。」老父複說。小女兒趕忙拿出米達尺讓老父量了小丁丁的身長。「恰好一公分。」老父這業餘博物家，小女兒早已是一等助理。將小丁丁放入庭左小花圃的草叢裏，自此小女兒一直關心小丁丁。本(八)月七日，土蝠開洞穴門始鳴。小女兒問小丁丁是不是也開洞門鳴唱了？牠的洞在那裏？小花圃裏沒有土蝠洞，庭內有幾處，庭外則甚多，不知道那一個是小丁丁？

今年梅雨奇短，五月下旬始梅，只有三、四天工夫，沒有了，梅雨就這樣過去了。此時正是檨果黃落時節。一個人戴了斗笠，穿了雨鞋，颯颯的雨，在檨園中檢落檨，眞寫意。空氣沁涼，雨滴更涼，鼻子裏滿是涼味，混合檨葉香檨果香草香和水氣，滿園的洗綠濕綠，一種出奇的寧靜味，直沈入心靈中來，眞美！所以穿了雨鞋，因豐草沒膝，草下一無所知，不能不防著些。回歸田園近二十年，蛇是常見，一等毒蛇則一直未曾遭遇。去年九月十一日，傑魯特颱風過後的第二晚，居然在住屋邊遭遇著跟百步蛇同級的雨傘節，若非那晚似有神助直覺地機警，那一劫怕就脫不過。因此這回入果園，便拿了把芭樂杖在腳前清道，那曉得竟打著了一隻草蟬，幸而只是被彈了一下，那草蟬在草根間吱吱打轉。「眞抱歉，那曉得你在這裏呀！」這草蟬看來很是可愛，後來小女兒幫老父量牠的身長，頭尾纔二公分四，外翅三公分三。俯下去給拈了上來，端詳了一會兒，給放入提袋裏的樣果上。回來小女兒一見便叫牠小梅，說是梅雨初到嘛。要求老父幫她做小梅的棲食環境。老父出去取了一枝蓮霧枝，再鋸成幾截，插在盛水的玻璃瓶內，然後讓小梅攀附在樹皮上，青枝青葉，有夠多的樹汁供食。可是小梅一眨眼間的工夫不見了，找了半天發現牠著在天花板上的蛛網間不得脫身。老父急急救將下來。雨不大，而黃昏悄悄的來了，外面蟬聲也起了，遂跟小女兒在簷下將小梅放了。小梅彈丸似的從老父的手掌心上射了出去。自後小女兒一直念著小梅，天天暮蟬鳴，就說小梅在唱歌了。兩週後暮蟬又起時小女兒問小梅飛去多久了，老父告以正好半個月。小女兒悽然說：「小梅死了。」是的，小梅死了，蟬羽化之後，也只有這麼短的幾日可活。老父不免也感到一陣悽然，卻不敢多想。

有一隻男人中指大的大蝗蟲，每隔一段時日，便從草叢中飛出來，來到簷下，甚至就停在紗門上，小女兒叫牠小芫（全名小芫荽）。自然牠是小女兒的好友之一，是時常出來看她的，牠第一次來看她，就停在她種的芫荽上，因此她就叫牠小芫荽。十天前，小女兒發現樹蘭上掛著一隻大蝗蟲的白殼，小女兒說是她的朋友小芫蛻皮了。老父仔細察看，乃是被阿蘇兒或巴旦啄食了內臟，剩下空殼子，給近一週的霪雨淋白了的。小芫的死，給了老父甚深懷念。小時候大蝗蟲遍地是，如今回歸田園，近二十年來，這是第二隻，第一隻中了農藥毒死了。這一隻相處近一年，時時來訪，也許是最後一隻，此後再也看不到了。

一隻大螳螂，跟小芫一般大，一般顏色，一般親近人，也是隔一些時日就飛來紗門上。小女兒名牠「對角線」，一個奇怪的幾何名字。問她何以取這樣的怪名？小女兒說：「人家數學正學到對角線嘛。」原來有這麼奧妙的命名背景！約半個月前，老父在新屋外梯柱上發現一個大螳螂卵包，叫小女兒來，恰巧卵包裏跑出十來隻小螳螂，一蹓煙的四散奔竄，有一隻掉在地下。小女兒驚異得目瞠口呆，一會兒哈哈笑著，說她認輸了，來不及給這些小東西一一命名了。

小芫和對角線每回出來，都得勞動老父給送回草叢中去。

一對小斑鳩，小女兒分別命名爲小乖和小灰；小灰的左翅有些兒落，很好辨認。小女兒天天在新屋屋角邊撒些鳥食給牠們吃。初時牠們幾乎天天來，時常在老屋與新屋的走道上或老屋的簷前啄食小白礫。後來漸漸長大成鳥了，忙著築巢育幼，便來得不勤了。幾個月前老父看見果園內有六隻斑鳩，其中兩隻是小乖和小灰無疑，另四隻大概是牠們的第一胎。小女兒最躭心這一對鳥兒，起初牠們還小的時候，時常被野貓狙襲，只要有一天不見其中的任一隻，小女兒就紅著眼眶說小灰或小乖被野貓吃掉了。最近小女兒一直未見小乖——她說只見小灰，又說不確定是小乖或小灰，因爲小灰的左翅逐漸好轉，已不再落翅了。

有一對家鴿，去年雨季天天來。庭面上臺灣小蝸牛多如石礫，這一對鳥兒一天來幾趟，一趟各吃掉幾十隻小蝸牛，幾乎將小蝸牛吃絕了。今年雨季，只見到兩隻小蝸牛。這一對鴿子雨季過後沒蝸牛吃，小女兒要求老父多買些鴿食，跟小乖小灰一起，分區給食。牠們的名字一隻叫傑克，一隻叫吉兒，一西一中。自今年以來，傑克和吉兒索性不回家，居然在屋角邊老檨的最高枝上歇宿，等於是我家的家鴿了。七月中旬以來，小女兒對這一對鴿子開始迷惑起來，兩隻鴿子竟時常鬧彆扭，不肯同宿同飛，還在高枝上相擠，各要佔好的位子，見到這一隻，不見了那一隻。這彆扭鬧了約半個多月。小女兒問老父是啥道理。老父推測著說：第一，兩隻鳥兒都不見牠們展過威，看來都是母的。這回牠們都有卵孵，下蛋期間纔鬧起彆扭，孵卵的時候，見了這一隻，便不見那一隻。現在牠們的工作完成了，又都回來了。小女兒爲自己命錯了傑克的名字大笑不已。

一個族姪有好幾區泰國蝦塭，時常送泰國蝦來。一天送來一隻淺橘色的鴉，體型小而美。「這種鳥專吃魚蝦，肉甜得很。」要我中午宰來吃。族姪回去之後，小女兒問：「爸爸，眞的要宰這鳥來吃嗎？」「當然不宰來吃！」「怎麼跟老哥哥點頭？」「不點頭，他帶回去自己宰了。」於是我們父女將這隻鴉放了，牠不偏不倚，向正西北飛，不改道，四公里外正對著族姪的塭。「爸爸，牠萬一又飛回老哥哥的塭去呢？」「老哥哥會瞪著大眼睛嚷：

咦，你們這惡賊黨，早上剛送你們一個同黨去萬隆，中午處死了，還敢來？」小女兒抿著嘴笑，說：「沒處死嘛！」笑聲很細，好像老哥哥就在屋裏坐著，生怕他聽見似的。老父問小女兒牠什麼名字？「伊麗莎白。」起得眞快，可是也不曉得小女兒怎樣斷定牠是母的。

今年三月間，春暖了，一對白頭翁整日在追逐。小女兒名在前的一隻爲達磨，後面的一隻叫阿蘇兒。小女兒說，達磨終於給阿蘇兒趕走不見了；還時時念著牠。這阿蘇兒眞是隻好鬪的鳥兒，自從牠佔據家屋邊這塊地爲其勢力範圍，連牠自己的影子都鬪。新屋平頂有不鏽鋼水塔，一日聽見水塔頻遭敲擊，探頭看未見什麼。次日又聽見，發現原來是阿蘇兒在跟自己的影子鬪。自那以後，從早到晚，不定時都可聽見水塔被敲擊的聲音。一天黃昏，老父上平頂去看天看四周的田園暮色，纔站定，阿蘇兒居然在新屋邊一棵樣樹上嘀咕著，距我不到一丈遠，原來牠在那兒歇宿。顯然阿蘇兒的意思是，這一帶是牠的領地，不許閒雜人進出，何況牠要歇宿了，任何人都不該打擾牠。於是老父只好輕步退下來，阿蘇兒登時滿意地安靜下來了。四月，枇杷大熟，阿蘇兒得其所哉，將全樹據爲己有，老父跟小女兒不得不藉用塑膠袋搶包了三葩未曾啄損的，纔嚐到了新果肉。四月末，阿蘇兒跟巴旦——小女兒說巴旦是公的，跟阿蘇兒結了婚，帶出了一窩小白頭翁，在果園中習飛。六、七月時，小女兒說阿蘇兒時常不見，只見巴旦。老父怎樣也分別不出何者是阿蘇兒，何者是巴旦。小女兒這本事可眞大。她養有一對愛情鳥（牡丹鸚哥），一隻叫小鸚，一隻叫小鳳，老父無法分別，她一眼便分別得出，說是跟人的臉一樣，有許多不同之處。七、八月之交，阿蘇兒簡直迷失不見了，反而是巴旦還時時出現。

此時已入八月下旬，一週內伯勞就到了。去年八月，小女兒自封女王，封一隻剛到的紅尾伯勞爲她的宰相，鄰居一隻剪耳杜賓狗爲她的大將軍，內外治理她這一方小王國。宰相命名Long-tail，大將軍命名Black，竟然全用了英文名字。這Long-tail幾乎整天繞著她轉，忽焉在前，忽焉在後，小女兒喜歡牠喜歡得不得了。今年四月末，Long-tail 北返西伯利亞，小女兒顯得十分寂寞。這一週內 Long-tail 定然可到，小女兒屈指計算著日子，高興地喊，她的宰相就要到了。

老父正寫到這裏，小女兒從背後過，瞥見了 Long-tail 這個英文字。「爸爸，你寫我的朋友嗎？要人家同意纔能寫呀！」「對不起，現在向女王陛下鄭重提出申請。」「照准！」小女兒高興地應著，跑入書房，回頭交給老父一張紙。老父一看，原來是張她的王國百官表，正面沒列完，還翻到反面，眞是猗與盛哉！老父原本以爲小女兒只封了 Long-tail 和 Black，那知她全封了。現在抄錄如下，來看看她的朝班：

侍臣：小鸚、小鳳。

小臣：小灰、小乖。

宰相：Long-tail。

大臣：傑克、吉爾（不是吉兒，老父寫錯了字）。

將軍：伯拉克（Black）、虹虹（一隻雄雉，跟小公雞凱文、小雌雞卡拉在一起，威風凜凜地在院子裏到處踱著步，一個月前失踪了，小女兒以爲回田野野去了）。

大使：金雞（小女兒沒給牠另命名，就叫牠金雞，乃是屏東中山公園大鳥園裏的一隻公金雞）。

祕書：拉脫（屏東中山公園大鳥園旁大木麻黃樹上一隻松鼠）。

侍衞：阿蘇兒、巴旦、達磨、約翰（不詳）。

音樂家：丁丁（卽小丁丁）。

法官：米兒（阿蘇兒的兒子）。

貢那公爵：小和（一隻褐色麻雀）。

吉魯沙子爵及其助理：茵茵（一隻雄藍磯鶇）、鈴鈴（一隻雌藍磯鶇）。

侯爵夫人：伊麗莎白。

護民官：卡拉、凱文。

花拉比親王：小銀（一尾小鯽魚，放生在本村小學圓池中）。

桂山君：巴特福萊（Butterfly）。

國務卿：小綠（一隻粉蝶）。

呂甘伯爵：小小（一隻小痲雀）。

代理大使：咕咕（今年二、三月，在屋邊逗留了二十幾日的一隻五色鳥）。

（抄寫到這最後一個官職，纔發現小芫和對角線沒封官。底下還附錄有但有名字沒有官職的蟲鳥朋友好些個，這裏不備錄了。）

老父看了這張百官表，纔恍然大悟，明白小女兒的王國是怎樣建立的。小女兒早已將朱生豪的中譯《莎士比亞全集》讀得滾瓜爛熟，怪不得一大堆洋名字。她既已浸淫在中世紀裡，自然就會建立起她的想像王國來。

小女兒沒有人類朋友，老父並不感到遺憾。論朋友數，她所有的遠超出世間任一小孩子之所有。論友誼，她對自然界的朋友，心中只知有愛不知有恨，只知予不知取，而她自然界裏的朋友給予她的，又只是天眞爛漫全副是美的自然生命的無邊美感。比起世間小孩子們朋友間不免爭執、爭奪，甚至於忮害、欺詐，且彼此絕不觸發美感，自是判若雲泥。老父委實覺得十分安慰。

——一九八八、八、二十四～二十七

秋

秋是什麼？說它是夏趨冬氣溫下降的中間過程，我想不至於大錯。熱↓涼↓冷，說它是夏與冬的接間境也使得——總不能說夏是春和秋的中間過程或接間境罷，暖↓̸熱↓̸涼。但是說春是冬和夏的中間過程或接間境也是使得的；或者再換個說法，說秋是夏的衰老，一如說夏是春的壯大，春是冬的復甦，冬是夏的死亡；總括言之，即四季是一個年歲的一生，春是年之生，夏是年之長，秋是年之衰，冬是年之亡。的確，秋在四季中確是衰季。你對衰有什麼感覺？若單純地只想著衰字，自然是沒有好滋味。然而這衰字裏面難道就沒含蘊著令人與奮，讓人眼目迸射輝光的意義嗎？其實這衰字對於秋乃是個表相詞，深一層看，應該換個字，說秋是成季，秋就是成，生命在這個季節裏完成，在這個季節裏完成且完成其交替的準備——成就了生命的新種子。就這個意義來說，秋是個令人與奮、感慰的季節，益以其表相的淒涼，形色的蕭颯，尤其動人情懷，秋確是四季中情味最爲雋永的一季。

相應乎天地的小年，人生可以說是個大年。人生的大年也分春夏秋冬四季，春生夏長，而期於秋收，秋收豐者有好冬過，秋收歉者則有不好過的冬。天地有無窮盡的四季，反覆循環不已，而人生則僅有一個四季，沒有再來的春，沒有再來的夏、秋和冬。人在天眞爛漫中過人生的春，二十歲以下是這美麗的一季；在滿懷希望與奮勉中過人生的夏，四十歲以下是這熱力的一季；四十以上是人生的秋，這一季自初秋人生的果實始結，到晚秋果實黃熟可收，大約已屆耳順之齡；六十以上乃是人生的冬，這個冬，長短極其不齊，一般短者居多。也有人沒有人生的秋，炎夏持續著直接入冬。既已沒有秋，也就沒有收，這個人的冬因此極其可悲，且因之也極其短促，一眨眼便除歲了。

在人生的秋裏回顧人生之春，朦朦朧朧的，顯得頗已遙遠，大都已不清晰；而人生的夏則猶歷歷在目，彷彿日昨。這兩個季一般都不自覺地過，都沒能及時醒覺地珍惜、玩味、留戀，通常總要等到秋到，方始驚覺，方始醒覺而珍惜、玩味、留戀人生。故醒覺的人生是自秋到起始，而人實際所得的人生也只有這一季。站在人生的冬回顧春夏，一樣都顯得遙遠，秋則猶然歷歷在目，彷彿日昨。故秋時切念夏時，冬時切念秋時。

有的人在人生的夏便已驚覺，這樣的人爲數不多，他的人生因之視諸常人早了一季，實際所得的人生則長了一倍。

人入人生的冬，便成了行屍走肉。故莊子說：「人謂之不死，奚益？其形化，其心與之然。」身心都已無用，不是行屍走肉是什麼？即使活著，有何意義？

人生的晚秋末，是人最可悲又最可喜的時節。悲的是即將入冬，身心行將俱廢，眼看著自己要走入無意義地活著的最後階段，不免悲從中來。喜的是畢竟奮勉了一個人生的夏，檢點一己的秋實，總有些收穫，下焉者足以過個一己的好冬，上焉者裨益當代遺愛後世，如之何其不可喜也？前者謂之私收，後者謂之公穫。一個人的秋收，能夠攤開來供爲公穫，便俯仰可以無愧，此生亦已不虛，眞眞稱得是天地間的偉丈夫或偉女子。

上文提過，有些人沒有秋，這樣的人既沒有私收，更不可能有公穫，這是舊書上所謂的天民之窮而無告者也，他直接由夏入冬，一入冬便陷入彌留狀態。這情境，寫得令筆也酸；這樣的人爲數不少。但令筆更酸的是，另有一些人，一生的秋收豐富逾常，卻居然全是公穫而沒有一丁點兒私收——人世中竟然也有這樣記得全人類忘了自己的人；這些人入冬的境況可以想見，他們之中有一部分，秋收提早到盛夏，而望秋凋落，換句話說，他們的冬提早了一季，甚至一季半。

春而開花，秋而結實。秋既是生命的完成，人在本心深處便不期然對秋懷抱著喜悅，可以說這是人形而上地愛秋的原由，即使秋不是接在炎夏之後，攜了涼帶了許許多多令人喜愛的物事來——在四季之中，春和秋有似乎兩位好親戚，她們來訪時手邊總帶了那麼多的「等路」（伴手禮物），人們見了自然會心喜，單是想到亦且激起一陣欣悅。今年秋來得早，至少這南國是來得奇早，剛翻入八月便聞到了秋的氣息。個人在人生的季節裏已屆晚秋末，初冬近在眉睫，可是聞見了新秋的第一絲氣息，仍不禁感到無比的溫馨。那炎熱的、生命力汪勃的夏總算過去了，在整整兩個月的夏季裏（秋早到一個月，夏減去一個月），彷彿一直置身在戶外，日夜不休，從事一項艱鉅的工程，因爲秋到，這項工程被宣告停工。脫下濕漉漉的汗衫，接觸到無邊的秋涼。啊，秋帶著許多好物件來了！對於剛從夏季熱烈、喧競、苦勞中解脫出來的人，那無競的寧靜，寧靜中的安適，那眞是秋的無上餽贈。

——一九八八、九、十四

〈植物哲學〉之一

我們欠植物多少恩

治人文科學的人往往排斥自然科學，認爲自然科學是物學，跟人文科學的人學異向，自然科學的無制限伸展，將至將人類物化。這樣的觀點當然有十分的事實根據，不過藉著自然科學對物的了解，卻使人類得以認清物我關係的眞實情況。若不是有了近世植物生理學這一門優異的學問，人類百萬年來身受植物那麼多的恩惠，怕將由於對植物本身的無知，依然永遠坦然泰然當然地對植物不知感恩。筆者這裏提出「植物恩」這觀念，怕是破天荒第一遭，讓接觸這字眼的人，若大夢之初醒般地吃驚。

我們懵懵懂懂地在這個地球上吃喝玩樂了百萬年甚至數百萬年，我們將地球當自己的產業，對產業行使絕對的支配權，就是這業主的觀念，使我們對一切對萬物都這樣地坦然泰然當然，而悍然予取予求，而生殺隨心。究竟我們獲得阿誰的承認，擁有偌大整個地球的產業？即便是老天，對他創造的整個存有界，何曾抱有業主的觀念？

人類的懵懂程度已達到怪異的地步。宗教的慈悲，善士的博愛，至於不忍殺生，而刻苦吃素。看見這些仁心人，坦然泰然當然地啃食麵包，扒食米飯，一口青菜，一口豆食，不由得呀然驚異；難道小麥、稻米、蔬菜、豆菽就不是生命嗎？一截麵包要研碎多少麥粒來製成？每一麥粒上豈不都有著活生生的胚芽？一碗飯要不要殺死二千以上的稻胚來堆成？那青如翠玉的青菜，欣欣地招展著，這些都不是生命嗎？這樣將千千萬萬的植物排拒在生命之外，視而無睹，食之而痲木不仁，而曰不殺生，不忍殺生，豈非怪異之至？這樣的慈悲與博愛，豈不可疑？

最接近植物的人無如農人，而對植物最懵懂的人也無如農人。這有如最接近魚的人是漁人，而對魚之爲生物最爲痲木不仁的人也是漁人一樣，農人對植物的痲木，如有第三者旁觀，必爲之大大吃驚。農人種植五穀百蔬，施肥、灌溉，愛護之無微不至，卻對五穀百蔬以外的植物酷虐無道。但「司馬昭之心路人皆知」，農人存的是什麼心，五穀百蔬曉得一清二楚，農人不止要吃掉它們本身，還要吃掉它們的子孫，有腳的話，它們半夜就都逃光了。雖犬牛羊有腳而不曉得逃，只爲被人類假仁假義的僞善面具所欺，待到被綑縛刺血之時，省悟已晚。食其肉寢其皮，煮豆燃豆萁，一樣是殺生，並無兩樣。人類如要眞正達到推天地生生之德，充萬物一體之仁的究竟慈悲與博愛，則只有僅吃水果一途，吃無生命的果肉，撒播果中有生命的種子，這纔是究竟，纔吃得乾淨。

但憑常識，人人都可覺知人類欠植物許多恩。衣食住行，無不直接間接取給於植物，只有極少數的例外，如水、鹽、石材，可以不假手於植物。但僅僅依賴水、鹽、石材，人類無法維生。

透過近世自然科學對人身對植物及其相關事物的了解，我們認識到人類不僅僅欠植物許多恩，人類簡直可以說是植物人，人類身上的任一個細胞都是由植物打造而成。人類能夠一分一秒地活著，全是憑藉著這個星球上有無數的植物，對人類來說，地球就是一個植物星球，它是活的，於是人類便分有了生命。沒有植物就沒有一切動物，當然也沒有人類。這個植物星球，海、陸、空，甚至人體內，都分布著植物，總種數超過五十萬種，目今已知的植物約有三十七萬種（國中教科書標明三十三萬六千三百餘種），僅是高等的維管束植物便約有二十五萬種，這無數量的植物，當其在各自的地區進行光合作用的時候，由二氧化碳中析出氧來，使動物的出現成爲可能，而且使動物的生存成爲事實，人類所以能夠一分一秒地活著，便是憑藉著植物的這一項作用；否則單憑自然界中的化學分解析出氧來，對於生物界，無異杯水車薪。整個植物界以這樣龐大的規模供應這個星球以活的氣體，而產生了能動的生物，且維持其無盡無旣的活躍。此外，這整個植物界且以無邊際的綠，應和著海天無盡的藍，形成一個喜氣、輕快的彩色天地，讓得天獨厚賦有美感生命的人類，得其所哉地時刻都在美的慰撫中，擁有一個最佳的最爲宜適的生存環境。植物給予人類的美感且不止於此，它們各以其婀娜多姿的個體，配以各式各樣搖曳的葉片，外加美麗而芬芳的花朵，來怡悅人類，讓整大片的綠不至於單調；浪與雲使海天富於變化，但比起植物的諸種變化，則又瞠乎落後許多了。植物於視覺、嗅覺上宴饗了人類，還自覺未盡其好意，又結出香甜可口的美果來款待人類，存有界有過什麼樣的朋友，這樣熱烈滿心愛意地對待人類的？植物豈止是人類美的知己而已！然而人類果眞自覺地領受了植物此番情深的友愛而將植物當知己看待了嗎？

植物不止情深地款待了人類，它們還進而至於奉獻與犧牲。它們捨身爲人類的滋養食物，如各種蔬菜便是；它們自根而莖而葉，依順人類的口味與需要，任其截食。尤有進者，它們更獻出尚未生長的子代，供爲人類的永久糧食，配合以永遠不會厭膩的的淡甜與淡香，如稻、麥、黍、稷、豆的五穀便是。它們以此營養人類，且尚不止於此，它們更且以十倍百倍的犧牲，用以換取十一、百一的動物蛋白質，以供出更美味更滋養的食品，以爲人類的口福，且以增進人類的健康，如以數斤或數十斤甚至數百斤的植物爲食料而生產出一斤蛋、肉、魚便是。然而生老病死乃是生物之常，於是植物再次全部無保留地，自根、莖、葉且至於子代的籽粒，任由人類治病的需要，供爲藥物。植物原不欠人類什麼，它們對於人類卻是仁至義盡。在這同一存有界裏，人類何幸而獲有這一愛護備至的至親至密的朋友？

人開口一呼一吸，一嚼一嚥，無不是植物之惠。然而植物對待人類還不止於此。

人類自原始以來除了呼吸飲食營衞其生命之外，逐漸的累積起文明。燧人氏鑽木取火，以原形的植物爲燃料，人類從此進入熟食時代，而與禽獸分道揚鑣，成爲最高等的生物。於是禦寒禦猛獸，而陶而冶，全用柴火。今日爲一切機械之根本的鍛鐵鍊鋼之熱力則取自地下，淺者爲石炭（煤炭），深者爲石油，莫非遠古植物之遺骸與遺液。有巢氏構木爲巢，人類從此進入住屋時代，而家具、衣服、布疋、紙張、繩索、犂耜、舟車，無不取給於植物；上自名貴的檜木，下至廢料一般的稻藁，無一不可用。至於神農氏樹藝五穀嚐百草，在今日，連水面上的小綠萍都可以飼鴨，最細微的金黴、青黴都可以製成金黴素、青黴素爲對治生物病的神藥。

然而植物待人還不止於此，植物不斷製造土壤以貯存太陽能，且使地表成爲適宜於人類行走的軟硬度，以免直身的人類腳跟直接碰觸岩面，震盪後腦，損傷腳踝腰膝。而樹冠草皮則蔽雨遮日，保持水土，調節水旱。當自然的蒸氣壓下降，植物葉面則由氣孔自動噴出足量的水分子，以調節空氣的濕度與溫度，使人清爽，以免人類體表黏膜過分乾燥，微血管破裂，皮膚過度蒸發而失水乾渴。至於綠葉之化彩蝶，青蟲之變鳴禽，藏奇獸於林隩，綻幽蘭於深谷，供人類怡悅耳目，尋幽探勝，使田野成其爲田野，山嶺成其爲山嶺，給予人類超乎生存以上的藝術景觀，則已達到精神境界，超越物質效用之上了。

目前人類已進入人造物質時代，但人造物質的材料，依然是樹脂與石油。或許將來化學的功能大到能夠直接用各種元素來合成人類所需的一切，如直接化合碳與水成爲碳水化合物，以取代直接間接來自植物的資用。到那一天，人類得與一切動植物，平等地共享這個天地，人類不再爲了自己的活命而砍樹、燒野草、宰殺動物，這眞是引人神往的一個理想世，希望這一天或能到來。但在這一天還未到來之前，我們人類則應隨時記省，人類身受植物這麼多的恩，起碼我們人類該莫辜負了植物百般好意的奉獻與犧牲，做個像植物一般頂天立地的生物，生命內裏充滿高貴的情操，像植物一般永遠向上向光明，爲了活命，只在最下限下取資於動植物，如其一仍資本主義興起以來，爲了聚積個人的財富與鞏固個人的權力而濫於誅求，或如自古以來奢淫之徒遠超活命的最上限地揮霍資用，便是十足忘恩負義的鄙賤生物了。

〔補充說明〕有毒植物往往是良藥，其消極作用與病菌同，乃是要人類謹慎戒懼，知所節制，以免放肆恣睢。

——一九八九、二、二十八

〈植物哲學〉之二

植物之美

天地間充斥著美，說這世界是一個美的世界，一點兒也不誇張；而這整個美的世界中，以植物的美爲最大宗最繁富。住在大都市的人或許不同意這個說法。像目前正流行著的科幻影片，生活在太空艙金屬小世界中的未來人類，你跟他講植物之美他已罔然無知，莫說是繁富了。可是住在舊世界的人類，住在田園山林中的人，沒有人會不同意這個說法。準此而言，現代的大都市人，未來的太空艙人，因其隔離了整個植物界，無異自絕於美的世界，放棄了廣大的美的生活。反過來說，生活在植物之間，豈不就是生活在美之中嗎？

一個人只要住在田園中或山林裏，便是個大富翁，一個美的大富翁。因爲擁有美的巨富，這個人必定是甘心離群索居。既然是美的巨富，還渴望什麼？不客氣地說，整個人世，於他何有？陶淵明賦〈歸去來辭〉，豈非亦因有此？

在自然界，擡眼便是美。走在田園中，時時得停下腳步來，腳下便是一地的美，教你屏息凝神，教你不敢舉步，難道你忍心將美踩踏嗎？也許你以為腳下是奇葩異卉，不，那只是尋常的草而已。它站在那兒，或許纔有五公分高，沒有花，可是它就是那樣的美，美得讓你入神。也許它有一尺來高，也許有一個成人高，也許有數丈高，當然那不是竹便是樹了，一式，美不可言。說是極妍盡態，惟有整個植物界當之無愧。

談到植物之美，常人立即想起的便是花園裏的花。當然，花是植物美中最顯眼的美，對一般觀賞者而言，花可以說是植物美的集中表現。其實植物全株無一處不美，即使藏在地下的根也很美。

不是所有的植物都有花。蕨類就沒有花；禾本科的草雖有花，卻是小得有等於無；松柏雖同屬顯花植物，它的花有誰看到過？但蕨類體態之美，並不在花下；大片禾本科的草原，顯現著何等的緜邈之美；松柏的蒼勁，未必不出桃李的豔麗之上。

花的美，有目共睹，形色美而外還有花香。在這個世界上，只有鳥類的美足與相當。最美的鳥豔如花，而以歌唱與花香對抵。以此各自擅場於大自然界，而人類是其最忠實最熱衷的觀賞者與知己。

單就美的感受而言，花的美，在於花冠、花序的形式與彩色的配合（外加花香）。花冠的形式，有：十字形、薔薇形、蝶形、石竹形、舌形、筒形、鐘形、漏斗形、唇形、壺形。花序的形式，有：穗狀花序、總狀花序、繖（傘）狀花序、頭狀花序、單頂花序、聚繖花序。花的形式可謂極盡變化之能事，再副以彩色與香氣，花的美已達到了這個世界中靜物美的極致。

由開花而結實，果實又是另一種美，彩色之美而外，也有許多形式的美，有：莢果、節莢果、蒴果、葉果、角果、蓇葖果、翹果、堅果、穎果、瘦果、球果、花托果、隱花果。同樣令人眼花撩亂，目不暇給，也是美不勝收。至於果肉果汁千變萬化從來不曾重複雷同的美味，尤其顯得神奇不可思議。

較細膩的觀賞者，會發現草木的葉子，又是一片美的湖海。就葉的形式而言，有：針形葉、線形葉、披針形葉、劍形葉、卵形葉、橢圓形葉、長橢圓形葉、箆形葉、心形葉、腎形葉、戟形葉、箭形葉、倒卵形葉、歪形葉、扇形葉、盾形葉、貫莖葉、抱莖葉。就葉的單複而言，有：羽狀單葉、羽裂單葉、三裂掌狀單葉、七裂掌狀單葉、單身複葉、羽狀複葉、偶數羽狀複葉、奇數羽狀複葉、三出掌狀複葉、五出掌狀複葉、七出掌狀複葉。就葉序而言，有：互生、對生、輪生、叢生。葉的變態，有：鱗狀葉、根狀葉、針狀葉、卷鬚、多肉葉、捕蟲葉、花葉。就葉身的平面而言，葉緣有全緣、鋸齒、鈍鋸齒、重鋸齒、牙齒、淺波、深波、缺刻；葉尖有銳尖形、銳形、鈍形、截形、倒心形、凹形、凸形；葉基有圓形、箭形、戟形、箆形、截形；葉脈有網狀脈（包括羽狀脈和掌狀脈）、平行脈（包括直出脈、側出脈和射出脈）。就葉的立體而言，有：扁平葉、劍狀葉、針狀葉。

過去對草葉樹葉不太經心的人，看了這一段文字之後，是不是已下定決心，這個週末非得出去補看一下不可了？

植物的體態又是一片美的湖海。除去貼地的地衣，附物的藤本植物沒有一定的體態而外，常識上所謂植之物的草木，體態萬千，通常有：圓錢型、叢髮型、披髮型、散髮型、披座型、路燈型、噴泉型、節肢型、開傘型、合傘型、塔型、壇型。大喬木則另有一整系列的時間相，近者數百年，遠者數千年，乃是活時間的陳列（異於地質化石的死時間陳列）。

植物是靜物，原只有靜態美，但玉樹臨風，搖曳生姿；而風吹草低，廣原上綠波萬頃，則又具有了律動美。其實植物還有眞正的動態美在，此話乍聽，不免教人聳耳。但這是屬於見解的問題，未知讀者諸君肯將樹木上的鳴禽、花草上的彩蝶劃歸植物的動態美否？我想，事實恐怕由不得不劃歸植物所有。

植物的數量美是驚人的，單是常識上植之物的草木，約近二十六萬種。天藍地綠，這龐大數量的植物，早已使地球在宇宙中開成一朵永不凋謝的綠之花。

——一九八九、三、三十～三十一

〈植物哲學〉之三

植物之性

就我個人而言，人類而外，跟我最親近最密切的生物，要首推植物；如就構成我的生存環境而言，植物對我關係之密切還遠超過人類。我目之所及全是植物，一天二十四小時，我跟人類交涉所佔的時間極少，多數時間，植物或近或遠地陪伴著我。綠葉間吐出的新鮮氧氣，不超出十秒鐘的時間便進入我的血液中，多數時間也許不超出兩秒鐘的時間。前人有成語云：「近水知魚性，近山識鳥音。」卻還沒有人說：「近青知木性，近綠識草心。」當然我對周遭草木的認識也許比一般人多得多，卻是對好友性情的認識，而不是利用厚生學的認識，如套用最時髦的講法，也許可算得是一種生態學的認識罷。提起我周遭好友們的心性，眞可說得是瞭如指掌，如數家珍，談起來是滿心的愉快。

只要有水分子處便有植物。這地面上，甚至空氣中，有什麼地方是絕對沒有水分子的呢？這樣的地方怕很少有，因此大可以說，植物無所不在。這無所不在性，可列爲植物的一個基本性。當然在大沙漠中，是看不到有植物的，這樣不毛之地佔著地球表面的不少面積，然而像這樣的地方，人跡也只能偶到，不可能常在，因之無害於人類心中植物遍在的觀想。

水是構成植物體液的主要成分，是一切生物體液的主要成分，動物也不例外。一般動物需水性總有一個一定的幅度，植物則因種類的差別，幅度相去甚大，水稻喜浸，旱稻則否。我的植物朋友們在水需量這方面的心性，一般狀態下，有個共通性。且以小牽牛爲例。小牽牛在乾渴的砂礫地上，不出一個月便開花，給移植到土壤肥沃、水分充足之地，半年未必肯開花，它只顧盡情擴張，分蔓再分蔓，直到它自己妨礙著自己的時候，纔迸出大量的花，結出大量的籽。

從植物富裕中的擴張性，我們看到一項感人的事實。植物絕對不奢侈，它得到好環境，並不用來驕恣放肆，卻全部用來盡其最大可能的繁殖責任，盡其最大可能多枝多蔓，而後開出最大限的花數，結出最大限的種子數。這一點跟人類大大不相同。人類一有好的條件，便驕恣放肆，窮奢極侈地揮霍，導致身家的敗亡。人類的德性，在這一方面，大不如植物。

植物對水的敏感與反應，呈現著一幅神奇的景象。一株常態下可長到五十公分高的草，在乾渴下，可能長不到十公分。個體體積的懸殊，甚至讓人誤認爲異種。水對植物個體大小、體型及早晚熟造成巨幅度差，令人驚奇於植物適應生存的伸縮性，這種伸縮性人類是絕對沒有的，（一般獸類也是沒有的，讓人類和一般獸類面臨這種困境，只有滅亡之一途（鳥類大概也不例外），這裏看出植物生命的堅韌性；這跟它的實事求是的盡責繁殖的性格，同樣足供人類驚歎與肅然起敬。

說是有水分子處便有植物，未免有語病，就是沙漠也不是絕對沒有水分的，這句話必得加上「在見光的條件下」這麼一句補充語。植物十足是賴光性的生物。深海裏的魚，土壤中的蚯蚓，不在乎沒有光，可以說整個動物界並不直接依賴光。說植物是光的公民，頗能表達出它的特殊性的身分。因此依據人類的觀念，植物可以說是種光明磊落的生物，尤其值得尊敬，它們寧死不肯苟活於黑暗，一旦見不到一絲光明，便生趣索然❶。人類在這一點上也大不如植物。動物中有營夜間生活的，比照之下，尤覺得可鄙——當然牠們是爲了避開天敵，或是爲了執行生態平衡，原無可厚非。植物也有營夜生活的種類，如仙人掌，全在夜間營

❶ 肉眼所不見的生物，已劃入原生生物界。

生，只爲沙漠白天酷熱，這是不得不的權宜之計。曇花半夜開，它也是仙人掌科的植物。提到夜生活植物，令我想起早起的植物。人有早起的，植物也有。有一段時間，我頗爲蔦蘿的早起所吸引。無論我起得怎樣早，提著手電筒出去看，它總是早已開了花；留連到半夜過後纔睡，臨睡前出去看，沒看見有花，可是特地起個大早，三點出去看，它花已開在那兒了。蔦蘿到底有多早起，至今我還沒得到確實的資料。

有陽性植物，有陰性植物。顧名思義，有一部分的植物不喜歡陽光直射。據此，前面說「植物是光明磊落的生物」，似乎立不住腳。的確，有許多植物一生都躲在陰影裏。其實這些陰性植物至少還獲得一五％的陽光，陰性植物的耐光量，最高可達到全光量的三〇％。陽光除了直射，還有由大氣、雲、煙、塵埃等物折射的漫射光。卽使是萬里無雲的大晴日，也還有一〇％——一五％的漫射光，因此陰性植物通常都能獲得足量的陽光以營光合作用。酸醬草（酢醬草）是典型的陰性植物，在一〇％的光量下光合作用達到最高點。據說蘚苔植物甚至在〇．〇五％——〇．〇一％的低光量下，生機仍然十分旺盛。其所以有陰性植物，據進化論，當然可解釋爲由適應環境而來，其實乃是造物主的有心設計。若所有植物都喜愛陽光直射，則北迴歸線以北山峯的北坡，南迴歸線以南山峯的南坡，將不可能有植物。這樣的地球，陸地將減去一半的綠，亦卽每座南北向的山將有一坡的光禿，這就嚴重了。因此，說植物是光明磊落的生物是沒有錯的。

植物跟向光性相連的另一個性，尤其讓人類崇敬，不論是木本植物、草本植物，甚至是藤本植物，乃至被風吹倒、被人畜踩倒的植物，無不極力向上挺起，這叫植物的背地性。植物的背地向上性，在漫漫的人類史上，不知激發了多少有志之士，在徹底失敗之後再度奮厲而起，終於賫志成功。由於向光性因而引發向上性，使得一切植物在本性上都賦有正直性。木本植物，因其有木質素形成堅硬的木材，尤能筆直向上生長，氣干青雲，志在摩天，成爲人類所心儀的最高典範。澳洲巨人油加利樹可高到一百五十公尺，臺灣杉（又稱亞杉）和美洲紅杉都可高到一百一十公尺，現存美國加州北卡拉維斯林中的一棵美洲紅杉，號稱格蘭特將軍，高八十三公尺，直徑十一公尺，三千六百餘歲，代表著地球上最偉岸最正直的現生命，矗立在整個存有界的這一個角落，因此又號稱世界爺。植物這一偉岸的賦性，促成其至完至美的生理結構，在生物界遂進而達到不死的境地，而有個體的不朽性。在談到最高等植物的個體不朽性之前，先讓我們來一察植物至潔至高的另一賦性。

凡生物體都有新陳代謝，粗淺地說，凡生物都有滋養的吸收與廢料的排洩這一生理過程。我們對動物這方面的生理過程普遍頗爲熟悉，自毛毛蟲、昆蟲以至飛禽走獸，乃至人類自身，滋養的吸收，一式都是殘酷的、殘忍的。動物將整個生物界構成一條食物鏈，將生命當食料，以殘殺另一條生命來維持另一條生命，越是高等的動物殘殺越是兇厲。一隻毛毛蟲（或青蟲）一生可能只吃掉半株草，便開始休眠蛹化，而後羽化爲蛾蝶，即行回饋植物，傳播花粉，對植物本身而言，功過正參半。至於一尾魚、一隻鳥、一頭獸、一個人，終其一生，吃掉的生命何止千萬？一隻鳥一天便吃掉上千隻蟲，一生吃掉的蟲何啻億兆？固然鳥隻負有平衡生態的天職，似應另當別論。至於人類，如前文〈我們欠植物多少恩〉所述，一碗飯至少吃掉兩千粒含有活胚芽的米，單就稻粱麥黍稷而言，一日所殘早已上萬，一生所殘何啻兆京，他無論矣。然而人類殘殺這無算的生命來存活一己的身命，卻做了些什麼？何況不少人還拿這活生生的生命來揮霍？吃，原本就是個窮兇相、極醜相。每與人對坐吃飯，見人齜牙咧嘴，輒爲之不堪；若置一面明鏡自照，豈不羞煞！這一生每食自慚，自歎爲萬物之靈，而維生行爲遠出植物下。說來人身並非最完美的設計，可以說整個動物界在設計上反不及植物界。植物深根寧極，蘊藉爾雅而靜默，一副優美的生命相，莊嚴而典麗。毛細管作用是它分自自然的物理現象，以之輸送水分和礦物鹽類；光合作用是它分自自然的化學現象，以之合成有機養料。任由大化流行，全不由己。天資地給，它冶礦物質、已分解的有機物質、水、空氣和光熱爲一爐，化腐朽爲神奇，夭夭灼灼，營生於無事之間，無爪牙，無口齒，不殘不殺，不嚼不嚼，不呑不嚥，你何曾看見它有吃相來？

❷而且你又何曾看見它有排洩相來？動物的吃食是殘忍相，動物的排洩是污穢相，出入之間何曾有半點生命的優美與尊嚴？植物的排洩物是供動物活命的大量氧氣，供一定量溫室效應用的少量二氧化碳，調節大氣濕度和溫度的水氣，增進空氣可人氣味的揮發性芳香油，這是它全部的排洩，這叫排洩嗎？這乃是供獻，不是排洩，說排洩則是褻瀆了它。植物既無殘忍的吃相，也無污穢的排洩相。然而植物生理代謝過程中難道沒有有害其自身的廢料嗎？當然是有。但這些有害其自身的廢料處理起來卻又不可思議地神奇。植物的有害廢料一部分隨著落葉和脫落的樹皮來排除，大部分則向內聚積形成心材，成為人類大有用的木材，這由廢料積成的木材，在人類的嗅覺上聞起來還是芬芳撲鼻的呢！落葉和脫皮不能算是排洩，一如動物的蛻皮殼、換毛羽，人類的換衣服，這是屬於儀表襐飾的事。至於形成心材，成為植物的骨幹，仍然是屬於儀表的事：使巨樹上干雲霄，呈現出偉岸的生命相，所謂玉樹臨風，所謂花枝招展，所謂綠葉成陰子滿枝，不是有心材來支撐是不可能的。而這些心材，這些芬芳撲鼻的木材，卻全由植物大部分的有害廢料締造而成。不可思議嗎？神奇嗎？當然是不可思議，神奇之至！

---

❷捕蟲植物如豬籠草，寄生植物如暴地花（屍臭蓮類），乃是植物的敗類，算是例外，但它們仍然沒有口齒。

我們從植物光明磊落的向光明性向上性數下來，直數到植物的無吃相無排洩相，至此，又看到了植物至高至潔的另一個性。

因爲植物的生命本體的形成層（姑以樹木爲例），向外形成韌皮，向內形成木質，由木質的邊材再向內形成心材（邊材和心材合稱木材），形成層隨著木材的擴大而向外擴張，只要心材的質地夠堅密夠持久（好的木材，心材中往往充斥著防細菌和眞菌的特殊物質單寧等物質），足以永久支撐整體的植物個體，形成層是永遠不會死的，於是得天獨厚的巨樹，便儼然是宇宙間的不死者，不朽的個體。這個體的不朽性，爲人類夢寐以求的至高成就，居然又是植物的一個本性。

今日，人類自致空氣汚染、水汚染，以至於難以維生，這在早年，乃是植物性分內所確保的事，只要人類不再貪求無厭，留給植物生存空間，植物仍能爲人類挽救這一危象。人類除了空氣與水汚染而外，也在極力自造噪音，令自已的神經瀕於崩潰。卻不見累千累萬累億累兆乃至累京的整個植物界，可曾發出一絲聲息來？「沈默是金」這句智慧的古訓，此時此地，我們面對著任一株植物時，豈不尤令人深深憬悟？植物這個靜默的本性，又是多麼値得人類讚美的風範啊！

植物是美的化身，動物界除了鳥類和蝴蝶，還有那一類這樣普遍地美過？鳥類和蝴蝶是營生在植物之間，方纔得以分受到一份美。美又是植物的一個賦性（詳見〈植物之美〉一文）。

有生便有死，植物固然可達到不朽的境地，一般還是不免有死的。動物之死，尤其脊椎動物之死，有不堪想像的齷陋，這是盡人皆知的事。「死，澌也。」（見東漢劉熙《釋名》），「澌」就是滲出液質，我們最好是不要去想像這種下場。植物則適相反，它是因液體脫失，乾枯致死的。因之，它沒有滲液相，沒有腐臭相，沒有污穢相。乾枯了的草，葉片柔和的淺褐色、酥薄的質地、芬芳的氣味，如何地宜人；整株挿植或倒掛在房裏，是最美好的裝飾。動物中惟有蜂蝶和甲蟲有它一半的遺美，而愈是高等的動物，便愈是惡劣，無法遺留。至於樹，樹之死是美麗的、莊嚴的，一棵紅花木棉樹被雷殛，成了一株白木，屹立在田野間，我在它底下，爲了它那美到非言語所能形容的莊嚴相，低迴留連而不能去，也帶了訪客和朋友去瞻仰，那是眞正的瞻仰啊！木棉質地鬆脆，就木材而言，算得是最劣材，尚且如此，更何況松柏杉類上上之姿？攝影家入山去，攝取了山上、山中、山間以及山本身無盡的美景，其中有一項美景，任何攝影家都不會遺漏，那就是山中的白木，那是這一切美中最高的美，因爲它帶著無限的莊嚴，那是生活過的生命莊嚴的一個結集。人類只能結集在立功、立德、立言的上面，人類的遺體連影片都不好攝入。

植物的美性貫徹到死後，它是一切生命中最美的生命。

動物的出現，在於生命演化的後段，從生命本身的內涵來看，生物的演化似是反其道而行，更優秀的生命反而出現在先。所謂動物也者，就是能動的生物，亦即一身飽含著暴力的生物；而所謂高等動物也者，亦即具高等暴力的生物是也；人類為高等動物之最，因之人類是具最高暴力的生物，其暴力的蘊含量或則大到足以摧毀整個世界，甚至整個宇宙。植物則反是，植物是不動的生物，因之它是無暴力的生物。植物的這個植物性，這個植物的基本性，可以說乃是一切生命的最高典範。我們繞了一大圈來考察植物之性，轉回來回到植物的這個本性上，不能不說植物是演化的終極，而動物界乃是演化走過了頭。

——一九九〇、三、一三

美麗舊世界：死而不亡

普魯達克（Plutarch，著名的《希臘羅馬英雄傳》*Vitoe Parallelae* 一書的作者）在他的 *Moralia* 一書中有一篇論婦女的文字，內中談到 Milesia 一地，曾經有一時，年輕婦女流行自殺。當局束手無策，後來終於想出了一個辦法，頒布了一道極其不尋常的法令：凡婦女自殺者，裸屍遊街示眾。這道法令一頒布，婦女自殺的歪風即時戛然戢止。看到這一段文字，很有感觸。老世界的人是雖死而不亡的，這道法令不止對 Milesia 一地有效，對老世界任何地區（包括最原始的地區）也都有效；但對於本世紀末所謂後現代人則未必有效了。本世紀末時代尖端婦女，百計要裸「逞」，可以說未死而已亡，若有那個政府不識時務，膽敢頒布這樣的法令，正中其下懷，她就「死給你看」，情勢恐怕會演變到無法收煞。

人心不古，世局如棋，你是喜歡舊世界婦女做你的母親、姊妹、妻子、女兒呢？還是喜歡新世界婦女做你的母親、姊妹、妻子、女兒呢？

——一九八九、三、五

美麗舊世界：盜亦有道

約十五年前，警政單位還自詡臺灣治安世界第一，那是事實，那時在臺灣下層社會活動的人，還都是直接間接受過日治時代良好法治薰陶的人。但這十五年來，新世代（也就是國中教育的新生代）漸漸出道，治安指標便急劇下降，據前些年的新聞報導，殺人案件之多，美國居世界第一，臺灣躋居世界第二；去年今年以來，或許是臺灣後來居上了。我嘗說，將來全世界鐵礦採盡了，要鐵，可向臺灣購求，我們的派出所盡是鐵門鐵窗，可知民間藏鐵之富。鐵窗鐵門成了臺灣的恥辱。

這幾年時常聽見檳榔園主被檳榔竊賊追殺的事。這令我想起光復當初，先父夜間巡察番薯田的事。剛光復那兩三年，臺灣米糧物資大量輸往大陸，導致本地糧食物資缺乏，通貨急劇膨脹，村裏的番薯田頻遭竊掘，家家戶戶，男人夜裏都得出去巡察番薯，卻只聽見竊賊一被撞見便拔腿逃竄，從無反傷田主之事。族親有的短小羸弱，照樣單身出去巡察。可見竊薯人心中還存有天理，自知理虧。可是現今的竊賊，心中不止無天理，還充滿了邪惡。

這些年來，電視、報紙幾乎天天都有婦女遭人強暴和搶劫殺人的報導。我嘗靜靜地思考其中因由。本世紀以來，文藝界爲了賺取金錢，挖空心思，推展盡了作惡的一切手法，來編寫小說、劇本，排演製作電影、影集、連續劇。因此每個人每天經由報紙、電視、電影，接受作惡的暗示，日積月累，這暗示便打入下意識。我嘗自問：你在無人證地帶，遇見單身妙齡女郎或手提百萬現鈔的老太婆，會不會起意作案？反省過半天，我竟不敢回答自己。因爲只要情境符合，我下意識中所受千萬次的暗示，到那時我可能被催眠，糊裏糊塗地作案。人世原是一個意識的世界，意識良善便成爲升平世，意識邪惡便成爲亂世。目前因爲文人和資本家的不道德，這是個意識邪惡的人世，人人都可能是準罪犯，而那些案中的受害者和罪犯，我覺得很可憐，他們同樣都是見錢眼開的文人和資本家口袋裏那幾個錢所付的代價或犧牲品。文人再這樣無行下去，女的寫殺夫，男的寫殺妻；資本家再這樣錢臭下去，一味宣導邪惡，這個世界只有滅亡。

十六世紀威尼斯樂派大師 Clawdio Monteverdi（1567-1643），有一次在旅途中遇到劫盜。大師被押著跪在地上，強盜在搜刮了行李之後，剝去了大師的斗篷，試穿了一下，嫌過長，又剝了他幼子的斗篷，則又嫌過短，於是轉而要剝女僕的衣服，女僕一把鼻涕一把眼淚，哭個不停，強盜沒奈她何，只好放過她。大師寫信給友人，生動地描述了這次遭遇。我們讀了這一則遭遇，爲那女僕生得其時慶幸，而對舊世界無限神往。雖然強盜總不是好東西，但舊世界一般壞人的意識總還不曾壞透。

《後漢書》記載著東漢末大學者鄭玄，黃巾賊之亂避居徐州，建安元年回故鄉高密，不巧，在路上卻遇見了數萬黃巾賊。你說鄭玄時運不濟罷？不然。看《後漢書》怎樣寫著：「建安元年，(玄)自徐州還高密，道遇黃巾賊數萬人，見玄皆拜，相約不敢入(高密)縣境。」連鄭玄的故鄉都迴避過去了。啊，美麗舊世界！

——一九八九、四、十二

小孩子

人人都有好惡之情，就是聖人也難免。居常從容無事的時候，不免自然會對自己對周遭靜靜地觀省：做爲社群中的一員，我這個人是怎樣的一個模樣？可愛或可惡？想到極可能惹人嫌惡的時候，不自覺背上便感到一陣冷，而後從內心裏泛起一陣羞愧，做人做到被人嫌惡，豈不是徹底失敗了？的確，要做到徹底成功甚難。然而在這方面有誰是徹底的成功者？想來想去，最後想到了小孩子。啊，惟有小孩子是徹底的成功者，人們沒有一個不喜歡小孩子。然而小孩子爲何總惹人喜歡呢？想想自己，每次看見小孩子，嘴就合不攏，總要彎下腰去，摸摸他的頭、他的頰，牽牽他的小手，仔細看看他那圓睔睔的眼睛，和他講幾句話，口袋裏有糖果的話，自然就會掏出來遞給他。爲什麼自己會這樣喜歡小孩子呢？

這問題教我思索了好一段日子，一點一滴地，像世間任一門學問的探索，終至有了粗略而且確切的了解。

基於生物種族繁衍的本能，成人本能地自然會喜歡小孩子，即使剛剛脫離童年的「小大人」，半大不大的少年少女，也會油然萌發這份本能。在生物界這是普遍有的本能，鳥類獸類都可得而見，除了以數量取勝的生類，如魚類，纔可能用不到這份設計，否則要確保種姓之緜延，若沒有這份設計，不免顯出漏洞，有欠周密。小孩子是新生代，是老一代的接棒者，憑這個身分，在群體中自然有極高的地位。故在古代，小孩子可以做「王父尸」（祖父的受祭者），成人則不能。

你在路上，在任何所在，看見了小孩子，喜得嘴合不攏，就是種族繁衍的本能做了基本動力。

孟子有句話說：「胸中正則眸子瞭焉，胸中不正則眸子眊焉。」小孩子的眼睛不是瞭，當然更不是眊。他是一種渾全的眞。目光閃爍分散不集中的眊，不可捉摸，令人警戒，這種目光令人疑懼。目光集中而明察的樣子，胸中固然是正，也令人生畏，這種目光也不怎樣吸引人。惟有小孩子渾全而眞的目光，你一見就好像見到了愛育萬物的造物主，可以完全依信他。你是闒茸（下材），是兇徒，是聖人，是天才，他渾然不辨。你是闒茸，在他的目光前，也不必爲自己的庸碌而自卑；你是兇徒，在他的目光前，也不必爲自己的邪惡而自覺形穢；你是聖人，在他的目光前，則可鬆懈下來道德仁義的緊張而獲得平易；你是天才，在他的目光前，你身上那萬丈的光芒收斂了，你的眼睛一下子從你自己大光芒的白盲裏復明。這樣的目光，無異是高懸天上的太陽光，普照一切，一視同仁。這樣的目光，有誰能不喜愛？人們喜歡小孩子，豈是沒有道理的嗎？

小孩子讓人喜歡的地方多著。

小孩子身上看不到力，這又是他美感的基礎之一。「力」字和「刀」字就差那麼半筆出頭。刀可用爲生活的工具，也可用爲行兇的利器。一個人素身或懷刀——那怕只是一片小刀片，別人對他的感應顯然就大大不同。成人不懷著力，是無法生存的；不懷著力，既不能生活也不能自衛。但是一把力就像一把刀，一念之間，常力可變爲暴力。一個素身人和一個懷著力的人，別人對他的感應顯然也就大大不同。你何處尋個手裏不拿刀身上不懷力的人跟他在一起？小孩子身上看不到力，你怎能不喜歡他？

小孩子心中沒有機，這又是他美感的基礎之一。成人一身全是機，千千萬萬的機。夫妻、兄弟、朋友、路人，前一秒鐘還是光風麗日，下一秒鐘雷霆暴雨交加，你觸著他的機了。他身上不是有機——即如扳機，你扣都扣不著，何況纔輕輕一觸？一個成人比如一座佈滿了陷阱和機辟的山，你要遊這座山，你得小心下腳。二次大戰影片，常見沙漠上、平原上佈滿了地雷。前一陣子，伊朗的荷姆茲海峽佈滿了水雷。人世，到處是機，每一個機管著一個陷阱、一個機辟、一個地雷或水雷。除非你一動不動，怪不得你遍體鱗傷，不送命算是好運。但你本身便是這樣的一座山、一片平原、一方沙漠、一條海峽。你怨誰？世上能有那麼一座山、一片平原、一方沙漠、一條海峽沒藏機，你喜歡去不去？當然你喜歡去。於是你喜歡小孩子到了有似乎病態。

小孩子是嶄新的生命，像剛製好的新衣，像剛出品的金筆，纖塵未惹，這又是他美感的基礎之一。新沐者必彈冠。若用小孩子做尺度來度量人間什物，怕所有的用品都得彈。於是你喜歡小孩子喜歡到像匣中的珠玉，像即將展蕊的花苞，像一切新製品。你面對他，不止是自己要先彈一彈，最好是先洗洗手、洗洗目，或是索性先沐浴齋戒。小孩子是神聖的，如實地說，這污濁的人世，也只有小孩子纔有資格走進大自然；人類自從離開大自然之後，便變得污穢不堪了。

大人的眼睛，可將有看成無，也可將無看成有。大人可以說個個都是有眼而無珠，早已瞎了。大人用觀念取代眼來看，看不見眞實的世界。國王的新衣是無，卻看成是有；梵谷是有，卻看成是無，讓他瘋死。大人眞要看眞實的世界，走眞實的世界，得搭著小孩子的肩，他引導你看引導你走。

——一九八九、十、十二～十五

厭富者

臺諺有云：「海龍王無辭水。」意思就是「來者不拒」「多多益善」。東海龍王果眞會辭謝江河的水，東海乾涸之日可拭目而待。何則？海面的蒸發量大得驚人。這使得龍王不得不屈居「下流」，無所選擇地承受天下的一切骯髒水。但海龍王是受納多少便回饋多少，且化臭腐爲新奇，骯髒水經他的龍喉噴撒出去，便變成清冽的甘霖；固然有時候噴得過量，不免氾濫成災；不過他心存蒼生，一毫不肯積私，這一點卻充分顯示出他生命格調之高。

人類對財富的容量，如所周知，跟海龍王的容水量是一般無底止的。但海龍王是居下流以容受汚穢，人類卻是居上流以「吸取」精粹，心態手段相去天壤。而且人類對財富是有入而無出，絕少有回饋。這種無限的容受量，實在無法想像。因此從來不曾聽到過，有那一個人宣稱饜足了財富。這相對地充分顯示出人類生命格調之低。

達爾文生物進化的理論，托諸生物對環境的適應；但這一說解釋起來有些困難，因此又有突變說的提出，說是生物的進化全靠突變。人類無限地貪慾財富已有近萬年之久，其擁有大財富的個體，自古及今，無慮千萬個，就或然的機率而言，應該會有突變；亦即該有厭富的個體暴出。果然不乖斯理，最近我從一個警察朋友的口裏發現到一個特例，這個厭富者的故事，聽來竟有如一部傳奇，大可寫成一部長篇小說。

厭富者勉強留到還曆生日，接受過家人和親朋的祝賀，便拋棄了他的十大企業，穿著全身共計不超過一千元的衣服走了。據說他身上那條長褲，纔只值兩百元，可想而知，其餘身襐(臺音くーㄥ)：襯衫、汗衫、內褲、鞋襪，合起來值不了八百元。不帶錶，不帶帽，這一身打扮，大大像個草地親家。

他哪裏去了？據說他落腳某小鎮郊外：早先購置了五分地的果園，在其中起了一落紅瓦屋，兩房一廳，還葺了一蔀草屋，屋基全鋪著水泥地板；有一部本島產的轎車，一輛機車，一臺腳踏車，自駛自騎，東西南北，任意所之；一個女傭服侍他。他跟他的舊世界一刀兩斷，只每星期跟家人通一次電話報平安。若不是一次偶發事件，有誰曉得小鎮外居然臥龍藏虎，隱著一個上百億的大富翁。

這一天，正是舊曆年腳，小鎮上辦年貨的人潮熙來攘往，好不熱鬧。這位新草地親家不能免俗，少不得也出來湊湊熱鬧。辦過年貨，放入自用轎車內。拐了一個街角便是夜市，說是夜市，白天裏油湯擔生理也十分興盛。看看掛在南天上的冬日，彷彿已過了中，老先生踅了過來，想吃一碗鱉仔米粉（俗寫切仔米粉，乃是白字）。忽背後一陣吆喝，一個冒失鬼衝上來將他撞倒。待他爬起身，一個年紀約莫三十歲的女人指著他的鼻子嚷著：「就是他，就是他。」同時一個警察站在他背後。警察一把扣住他的右手，一扭將他的右手扭到背後。「你們幹什麼？」「幹什麼？你做賊還抵賴。」「搜他的口袋。」警察伸出另一隻手搜他的獵裝右外袋，卻搜出了一個女用紅色小錢包。那女人一把奪了過去，一巴掌摑在厭富者的左頰上，嚷著：「你這個賊仔脯（臺音ㄅㄛˋ），該死，看你怎樣抵賴！」厭富者勃然大怒，踢了那女人一腳，罵道：「潑婦，敢隨便打人。」那女人又想出掌，被警察給架開了。於是厭富者被帶到派出所。

人贓俱獲，厭富者看來難於脫身。也不知是那個無賴，居然施這金蟬蛻殼術，那一個不好施，偏偏施在這個決絕了舊世界的隱遁者身上。

厭富者在派出所裏被拘審了兩個鐘頭，因爲堅不透露姓名住所，被修理了一頓。一個所裏的警員外勤回來，一眼看見，嚇了一跳，問明了事情的原委，偷偷跟主管講悄悄話。主管面有憂色，打出幾通電話，終於證實了人犯的身分。

後面這場官場好戲不必覼述。可以想見：主管如何賠不是；又如何抵賴，講了許多諉過的話；又權衡了利害，嬉皮笑臉硬將老先生羈留到他的家人來接去。

此事警方隻字不敢發佈，當然消息是絕對封殺了，因此不曾上報，更甭說上電視了。

這位警察朋友是路過該派出所，看見停了兩輛高級轎車，一輛是朋馳五〇〇，一輛是富豪七六〇，好奇要走進去看個究竟，在門口驚鴻一瞥看見了這位老先生一面，印象出奇地深刻，也因此被叫進去，列入守密者名單，躭心了一段時間。

但是無巧不成書，注定這齣傳奇非得打破砂鍋璺（問）到底不可，纔有了末段的奇遇。

不久之後，這位警察朋友由鎮上調到鄉下去，頭一回例行戶口查訪便遇見了這位老先生，正在轄區內。年輕人經歷淺，一開口便壞了事。他說：「先生，原來您住這裏呀！」老先生驚訝地問：「你認得我？」這就完啦，下回再去，則人去屋空，老先生搬走了。可是人間得失塞翁馬，也因爲這一次的邂逅，纔探出整齣傳奇的動機。

「先生您沒灰心回家去？」

「我灰心？回去？哼！」

「爲什麼？」

「你想知道？」

「嗯！」

「跪下來發重誓，不洩露。」

好奇心驅使這位朋友跪了下去，發了一個重誓。他自認很值得。

底下是老先生的自白：

「拐過了一條街，我就下車了。灰心？小災殃總是有的，回去，那纔是大災殃呢！你說若你當了皇帝，你會滿意自己的人生嗎？除非你是昏君，只有沒智慧的人纔會滿意那樣的人生。在我的黃金帝國裏，我不折不扣是個皇帝。這些黃金帝國的皇帝們，見面時勾肩搭背，親熱萬狀，他們心裏想什麼，你知道嗎？他們恨不得一刀刺死你，好霸了你的帝國去，你知道嗎？你根本沒有一個眞朋友。部屬嗎？全是哈巴狗，沒一根骨頭，只有尾巴。你的臣民也沒有一個是朋友。家人嗎？兄弟、夫妻、子女，不知中了什麼魔咒，大富戶家親情全變了質，各懷鬼胎。你曉得不曉得宮廷鬥爭？宛然一轍。家裏也沒有朋友。人生在世沒有一個眞朋友，你孤獨到要發瘋。沒有朋友，這表示周身全是敵人，你得時時刻刻提防著。這種人生那裏是滋味！我渴求朋友，至少有生之年，得要到一個。若一個朋友也得不到，這一生算是白活了。其次，富戶家的生活，彷彿戴了一面枷，套在一個硬殼的公式裏，生活是僵了的。好羡慕一般小老百姓，看他們蹲在路邊攤吃東西，眞自在。我渴望有朝一日，也能夠蹲在路邊攤的長椅上吃他五塊錢一碗的炒米粉，這個我辦到了，眞痛快！財富，全是數字，看得到，用不到。財富就好像大胖子身上的肥肉，體重越是增加，越是負累，增加到某個上限，這大胖子就被肥肉囚禁在床上不能動彈了。得了財富，失了自己。有了財富，人生便全走了樣。你要自己呢？還是要走樣的人生？」

末了老先生還講了他逃脫行動的整段準備過程，限於篇幅，這裏從略。

事隔多時，且老先生已不知去向，誓言算是解除了，這位朋友纔透露了這齣傳奇。

——一九八九、十、二十～二十二

給小女兒的頭一封信

岸香：

這是爸爸給你的頭一封信。你五、六歲時，時常吵著要爸爸寫信給你。媽媽、外祖母、大姨和阿姨們，時常有信給你，只有爸爸沒有，你覺得很奇怪，爲什麼最親愛的爸爸反而沒有信？你年紀小，當然不曉得信是兩地關懷的傳達。爸爸一直在你身邊，就是離家也都携你同行。白天你在屋裏庭中玩耍，爸爸的耳目不曾離開過你，不是目跟著你，便是耳跟著你；晚上你睡覺，爸爸的手就在一旁，隨時給你蓋被，給你搧涼。爸爸的關懷，在下一秒鐘便成了行動。你跑一步跳一步，喊一聲笑一聲，爸爸全看到了全聽到了，爸爸跟你密切生活在一起，中間沒有距離，怎遞得入有半尺長的一封信？爲此爸爸沒有寫信給你。但是這次爸爸可是眞的寫了，還到外面投入郵筒，讓郵差正式送到你手裏。你接到爸爸的信，也許會出乎意外地吃一驚，但現在你已是個大姑娘了，爸爸想，你不至於蹦跳著跑進來；要是你五、六歲時，你準會一路蹦著，高聲喊：「爸爸，爸爸寫信給岸香啦！」可是如今你已是個大姑娘了，爸爸實在猜不出你的表情。上個月，整整一個月前，三月二十三日，你滿十二歲，量了你的身高，居然是一六二・五公分，你當然不再是小姑娘了。你近來的舉止，也漸漸有了淑女的模樣，只在你逗爸爸的時候，還露著十分的稚氣。

寫這封信，爸爸非常懷念你年紀較小的時候。有好久的時間爸爸沒帶你出去散步了。爸爸一向喜歡在田野裏任情徜徉，你未出生前，不下雨的日子，幾乎每日向晚時爸爸就獨自走向田野，有時候竟散步到山腳下。這兩年來，爸爸不惟很少帶你出去，爸爸自己也很少出去，只有有訪客來的時候，纔陪客人走一走。臺灣到處都不安全了，爸爸也確實老了，在外邊沒人的地方，實在沒法兒保護你，而歹徒隨處都可能遇到。想獨自出去走走，又惦念著你在家裏，祖母七十九歲了，還要你扶持她，她那能保護你！因此爸爸和你幾乎全禁錮在家裏，就連屏東公園也覺得不安全，漸漸少帶你去了，臺灣的治安確實全面維繫不住了。你記得上次我們在屏東公園的長椅上歇腳，那個人多可怕，竟站在我們面前直盯著看，像生了根般不肯走，爸爸覺得不安穩，只好帶你到別處去。屏東公園最幽靜之處是中山先生銅像那一帶，這一、兩年來你每次要爸爸帶你過去，爸爸總是不肯。那兒有棵大桃花心木，你喜歡昂著頭搜尋它的蘋果，但那快樂的時光似乎也過去了。爸爸眞渴望得慌時，往往會思想著，岸香要是男孩子多好，我們天天都可以任意去踏青。

還有一件事，令爸爸眞的巴望你是個男孩子。你漸漸長大了，你媽每次來信都問岸香是不是自己睡一個房間？爸爸總是會發火。上次她回來，第一句話便刺傷爸爸的心。什麼話？將爸爸當什麼人？有不少父母，讓嬰孩獨自睡一個房間，爸爸總是很不齒這種人，當然個中眞相不便跟你說。讓孩子早獨立，當然是必要的事，可是兩三天便著一次涼，這樣的代價太高。你出生到現在，總加起來，醫院還不曾踏入過十次。第一次是你出生；有一次是你打卡介苗，結核菌竟竄入腋下的淋巴腺內，腫出半個雞蛋大；一次就是你媽上次回來，你跟著她吃了好多天寒性食物，居然引起心跳頻速，血壓升高，頭劇痛，爸爸嚇壞了，醫生還說是感冒呢；一次是半夜裏嘔吐，到天明嘔吐了幾次，那時霍亂正在流行，爸爸也嚇壞了，一早便雇了計程車到高雄炯明叔叔那兒去；有兩次是眞的感冒風寒了，天氣正在轉變，忽冷忽熱，你在外面貪玩，不肯加衣，那兩次都沒去就醫；在潮州就醫共有三次。爸爸很覺得安慰，你的肺和腸胃，因此保持著最自然的健康狀態，絲毫沒有損傷。

岸香當然是個非常難得的好女孩，有許多優點。第一項優點怕是很難找到第二個，你小小的年紀，跟爸爸隱居在樣兒林裏，一直是那樣的恬靜，外邊的繁華吸引不了你。你五、六歲時有時還會要爸爸帶你去高雄大統搭那轉動梯，這幾年來，你越是長大越是不願意出去，即使帶你去逛大街，也從來不會見一樣愛一樣，爸爸有時覺得怪難過的，想買點什麼給你，你都不肯，就是買書你也不肯了。

講到書，起初爸爸不免有些發慌，這一兩年來，除了固定的功課，你似乎沒興趣看書了。後來爸爸想通了，原來有兒趣的書你全看過了，家裏擺著的一大堆大人書，你自然沒興趣看。但你一直對希臘神話、希臘悲劇有高昂的興趣，臺灣買得到的，無不買回來讀爛了，你還寫信給你媽，要她替你找《神譜》和 Vigil 的 *The Aeneid*，你媽也眞是的竟寄回來最便宜的袖珍本，紙張、裝訂粗製濫造，最糟糕的是字體那樣的小，密密麻麻的，就是這種便宜本子，造成多量的近視眼，爸爸要你放棄，待有好的本子再看。

你第二個優點是每一門功課都出自自修，不依賴他人，這跟爸爸當年頗相似，爸爸自然不勝欣慰。就求學而言，你是全臺灣最幸福的孩子，而且是惟一這樣幸福的孩子，你的心靈未受到一絲半點的褻瀆，你的頭腦未受到分毫的污染，爸爸即使在別的方面不是個好爸爸，在這方面卻是做到了全臺灣最好的爸爸的地步，爸爸確是盡了力保護了我這個可愛的女兒了，爸爸自覺得安慰之至。爲了保護你免受褻瀆和污染，這六個年頭以來，爸爸幾乎天天遭受抨擊，你的叔叔是抨擊爸爸最力的人，而且所有的訪客，也不知是怎的，好像除了談你的教育就沒有話題了似的，也都一個個逼迫著你的老爸。爸爸很覺得失望，世間沒有幾個人稱得是好漢，見義不能勇爲，甘受無恥的人來褻瀆兒女的心靈，汚染兒女的頭腦，親情何在？父母愛何在？除非爸爸無力，否則爸爸斷不肯任人擺佈。

人都有缺點，連聖人都有，當然你也不能免。你的缺點爸爸天天講，都講膩了，可是你就是改不過來。你所以改不過來，是不把這些缺點當一回事兒，你不以爲意，自然就不會在意了。也許你年紀還小，竅還未開。爸爸有時不免埋怨自己，也許如你叔叔說的，都是爸爸的錯，讓你過合群的生活，也許有了對照，就會自動學好。但這也不是事實，在群體中長大的孩子，有惡習惡行者比比皆是。問題怕要歸諸人性的不齊：有些人在某些方面較突出，在另一方面便較差，全面都好的畢竟少之又少。爸爸的知識仍然很有限，自然界大概沒有純鋼礦罷，純鋼須待千錘百鍊纔能形成。天生人，爸爸想，大概全只是生鐵人罷。每個人生下來差不多都是一樣的，長大之後能不能成器，全看他是不是經過千錘百鍊，打掉雜質。只要不再是生鐵人，總是有用之才，小缺點是不能不被容許的。人小時候須待父兄師長來錘鍊，稍微長大，就得靠自己來錘鍊自己了，別人再無能爲力。你的年齡已經達到該自我淬礪的階段，希望你每日騰出一些時間，好好兒檢查自己。你喜愛的東西，你會珍惜呵護。你自己，當然是最值得珍惜呵護的。爸爸時常對樹木肅然起敬，樹木比人類優秀得多，從來沒有一棵樹會自己生出病來（草也一樣，只是我們不太注意它），樹木只因外來的侵害纔會致病，它自己是永遠不會害病的。人類就大大不同了，人有生理的病，有心理的病，有精神的病，不論那一種病，有一半以上都是人自己生出來的。熬夜晚睡，當然會引起頭痛，甚至牙痛；渴望自己能力所不逮的事物，引起失眠，當然也會引起頭痛和牙痛，或其他疾病來；因爲過分耗損精神，甚至引起嚴重的精神病來。這些全是人自己生出來的病，都不是病菌或病毒侵入引起的。人天生有不少雜質，這些雜質是自己致病的原因。一定得將這些雜質鍛鍊淨盡纔好，如好逸惡勞，如自私，如無情，如自尊心過強，或自卑心過重，如自大自滿，如拒諫飾非，這些都出自人天生的雜質，將雜質鍛鍊淨盡之後，這些缺點就會全部消失。其實鍛鍊成鋼固然是好，可是鋼還是會氧化，能夠鍊成不鏽鋼要更好。但不鏽鋼是種合金，一定得從外面採取些什麼加進來纔成，讀書、見聞、體驗便是從外面加進來的成分，一個人有了足量的外加成分，自然會鍊成不鏽鋼人格。什麼行爲正當，什麼行爲不正當，什麼事好，什麼事壞，你心裏明白，只要肯向正當、好的方面進行，便會日日遠離生鐵，接近純鋼，甚至達於不鏽鋼的境地。爸爸希望你淬礪自己，讓爸爸永遠不再嘮叨。

這一年來，爸爸發現你對你的蟲鳥朋友好像漸漸疏遠了，尤其對草木一無感覺，不免有些躭心。跟你談話，也漸漸覺得你越來越少美感，這整個世界好像有些像蠟造的似的，你樣樣不覺得有味。這不是好現象，爸爸不解這是什麼現象，也許你正屆一個轉變期，就像此時爸爸唱得上去的高音你唱不上去，你正在尷尬的變聲期。但願這只是短暫的過渡，等這轉變期過後，一進入青春期，你的感情和美感，很快便達到豐沛甜美的狀態。一般高等動物僅有快感而沒有美感，下等動物連快感都沒有，人若沒有美感便算不得是人了。人活著所以值得，可以說全在於有美感，生命能夠時時刻刻對這整個世界感受到美，這纔是人的生活，否則跟貓狗雞鴨何異？有美感，時刻能夠發現世界萬事萬物的美，則你的生命也一體地美了。這纔是人生。切記著爸爸這一段話。

從你虛歲四歲年底帶你，帶到你足十二歲這個時候，爸爸面臨著一次艱難，你當然是不會覺得到的，要是爸爸不說出來的話。這一兩年來，爸爸面臨著非得讓你獨立，讓你學習自立不可的階段。爸爸捨不得讓你洗碗筷，捨不得讓你洗你自己的衣服，捨不得讓你打掃、拖地板、抹桌椅，更是放心不下讓你自己睡。但是這個時間終於到來了，爸爸千捨不得萬捨不得，千放不下心萬放不下心，也得放捨下來。這個期間以來，爸爸時時想起母雞帶小雞的光景。母雞帶小雞到了一定的時日，就會丟下小雞讓牠們自己去營生，說捨就捨，一點兒也不拖泥帶水。爸爸眞佩服母雞拿得起放得下。人類除本能外，還有知有情，往往反而失分寸。爸爸對你早已大失分寸，只怕已經遲了許多時候了。

你的功課進度都還合宜，此後爸爸很盼望你第二度打開對智識的普遍興趣，家裏的大人書，不妨先找出看得下去的先讀讀，把爸爸的藏書當一個大世界來旅行，那裏面自有奇風異俗，自有名川大岳，你越是遊下去，便越會停不下腳來。爸爸希望你先勉強自己，試找幾本來讀一讀，否則長此下去，你將變成井底蛙，那就很糟糕了。

你越來越怕生。客人們早先都會跟你打招呼，你想想，近來可還有誰跟你說話？徐仁修叔叔算是來得最頻的，可是對你似乎還嫌太長久，一定得天天跟你見面纔不陌生，你看，仁修叔叔近來還跟你講話嗎？你一次又一次潑他冷水，叫他怎樣跟你說話？爸爸一再要你替爸爸端杯白開水給客人，你總是不敢。你也偶爾會到別人家做客，你都看到了，人家小孩子那樣的有禮。爸爸實在既羨慕又羞愧，希望你大大方方，不要老讓爸爸尷尬。也許這是爸爸遺傳給你的一個缺點。祖母不時還會提起爸爸小時候怕生的事。她在厨房裏忙著，回頭看見爸爸從外面跑進屋來，將頭藏在大櫃下，屁股則翹得半天高，活像隻鴕鳥，她就知道有人來了。但那是爸爸五、六歲時候的事，你不能將爸爸這怕生的天性一直保持下去啊！

爸爸一方面希望你永遠是個小孩子，一方面又希望你快快長大，如今你身高超過一六〇公分，確實是長大了，你也時常表示自己不再是小孩子了，爸爸當然不該再拿小孩子來對待你，而你更應該不能拿小孩子來對待自己。十歲有十歲的身高，有十歲的心智，十歲的能力；十二歲有十二歲的身高，也有十二歲的心智，十二歲的能力。爸爸期待著看到你一天天表現出應合著你的年齡的心智和行爲。現在你做功課，有時候不免好像官樣文章，虛應故事。就拿寫字來說，你一天只肯寫習字簿一張兩面，連標點符號總共兩百五十字，兩百五十字竟寫上一兩個鐘頭，有時候甚至要費三個鐘頭，幾乎費了一整個下午的工夫，旣蹧蹋時間，也蹧蹋身體；其實兩百五十字，要不了半個鐘頭。單拿這寫字來說，你一直停滯在七、八歲的功課上，沒有進展。這跟你的年齡、心智、能力是不配合的；換句話說，這方面，你一直沒有長大。爸爸最躭心的就是這個。仔細檢點起來，你沒有長大的方面還不少呢！你也時時表示不願意長大，爸爸有時候也眞想狠下心離開你一陣子，好讓你快速成長。這種長不大的情況如不能及時改正，一旦定了型，將成爲棘手的問題。一個長不大的人，他自己一輩子不可能有幸福，跟他在一起生活的人也不可能有幸福。也許這個人會成爲一個成功的詩人，但絕對不會成爲一個大詩人，大詩人必然是正常成長過來的人。

自己已有能力判斷的事，已有能力動手的事，千萬不要再依賴別人，卽使是爸爸，也要盡量避免依賴。自己該做的事，自動自發地去做，會從中獲得自立的快樂和驕傲。爸爸不要求你超出你的年齡，只要樣樣不落在年齡之後，便很了不得了。爸爸祝福你！

爸爸

一九九〇年五月四日

復釋半寄的信

半寄先生：

來信奉悉，教徒的反應本在我的意料中。我發表《藍色的斷想》，原本是表達滿懷對人類——卽對同類——的關心。雖是斷想，全經過審愼處理，未敢輕率。二十三日刊出的那句話，乃是我故意以最重的話來刺激教徒和進化論的信徒，目的在於要他們得到一個嚴重的印象，戳破他們原本堅定的信仰，從而有破繭的契機。

我非遽然下斷言，《藍色的斷想》自三月六日起刊出，關於宗教已有許多處反覆討論，對佛理「無常」的觀念也都徹底破過，先生大概未看到。若宗教和進化論對人生無害而有益，我破它，豈不是發了瘋？若宗教和進化論對人生大有害，我知而不破它，我的學者良心、社會良心何在？正爲大有害我纔不顧個人的利害，甘與天下佔多數的宗教信徒和進化論信徒爲敵，當然這些人的第一個反應是忿恨，如先生這樣冷靜的態度，尚且多少含有不慊於心的反應，我何苦來哉？我做好人，寫些取悅大眾的話，豈非最聰明？思想（或觀念）是指引人生的，一旦有誤，禍害無窮。往後我還會陸續發表這方面的話，希望先生留意。

談起思想的禍害，我們即刻會想起孟子的闢楊墨、韓愈的闢佛，宋明儒闢佛亦闢得緊，這是先例。現在跟先生談談思想層次的問題。先生以爲自己對人生宇宙的思考已經夠深入夠高明了嗎？以爲天下沒有第二個人在您之上了嗎？或者先生也認爲思想的高低有千萬層次，那麼請問先生自認爲自己的思想高度屬第幾層次；設使總共有一萬層次，先生自認在那一層？

這樣短短的一封信，無法跟先生徹底討論先生心中的疑惑，我只能跟你講幾句話。人一起步切忌定死了路頭，先生跟千萬教徒一樣，一起步便定死了路頭了。天下有千萬條路，千萬種風景，先生和千萬教徒全都只走單獨的一條路，能看到什麼？不客氣的說，這種情況，有似井底蛙。先生目前最急迫的是跳出井口來。先生已身受宗教的禍害了卻不自知，還認禍害爲好處，這是我爲千萬受害者寫下那樣重的話的理由，我不忍坐視。爲先生計，可暫時拋下佛理，廣泛地去接觸各種思想，甚至我還要特別勸您去接觸藝術、音樂、文學、生物學（包括植物學、動物學、微生物學）、生理學、醫學、物理學、化學、海洋學、氣象學（大氣學）、天文學、社會學、地理學、歷史學。只要您打開眼界，終究會看見眞的眞理。甚者我更想進一步勸您還俗，去結婚生子、去體驗男女間的情愛，以及女體的美和溫柔的感覺，去體驗人與人的磨擦、善意與邪惡、父愛與社會愛。多看看好風景，深加體會其中的消息。去吃吃土雞肉、蝦、螃蟹、鮮魚，體味其中的滋味。先下地獄，再從地獄中的磨鍊覺醒過來。若經過這麼一番的大經歷，到時您還堅信佛法，那時候您再度出家，那纔是眞悟。我希望您有勇氣追求眞理，不要躲在寺院裏，像一個沒有免疫能力的人躲避病菌一樣，那是懦弱而可悲的。我希望您勇敢向四面八方大踏步走出去。十年後，若我還活著的話，我希望見見您，問您的心得。一切都是實在的，沒有一樣東西是空的。釋迦因爲自己的無知，誤了後世千萬比他更無知的人。

我不想在這裏跟您談佛理的破綻，請您繼續看《藍色的斷想》，對您有意想不到的大益處。

祝您進步

陳冠學合十　六、二七

附記：我家嬸母是尼姑，我的二姊也入尼姑庵修行，跟星雲法師是老同學的浩霖法師

（現爲紐約東禪寺住持）是我的老友。我跟佛教因緣頗深。我了解您，您不了解我。您還年輕不更事。

一隻人與一個人

多數人是一團興趣地活著，有少數人是爲了責任或理想而活，但責任與理想可視爲是一種變體的興趣，因此可以歸結地說，人是一團興趣地活著。生活中如沒有了興趣或失去了興趣，則人生將是味同嚼蠟，僅僅是活著而已；到了這樣的境地，便跟行屍走肉無異，連植物都不如，植物尙且會開花鬪豔，搖曳弄姿。

興趣可以說是人生的花卉，而它的種類也正跟花卉一般多。臺諺有云：「有人幸酒，有人幸豆腐。」人人所好不同，而這些不同的興趣便成了五彩繽紛的人生的原動力。有小興趣，有大興趣。大興趣是人活著的大原動力，小興趣則是附綴在大興趣一旁的微細原動力，我們慣稱它爲生活的情趣。有時人失去了大興趣，便全靠這些小興趣來活著。因爲大小興趣種類過多，遂至於無奇不有。最奇異的現象無如有個正面的興趣便有個反面的興趣跟它對立，眾人皆好芬芳，東海上卻有逐臭之夫，有人好善，卻也有人好惡。正如世間各種事務終究要分出價值，這紛紜不齊的興趣也自有高下之分。人世定一個人的人品時幾乎便全從興趣的高下來下手。有高尚的興趣便得上品，反之則得下品。興趣是生存的原動力，也是一生事業取向的關鍵。因此興趣的培養決定了一個人的品格與成敗。興趣之產生與定型，大抵全在成年之前，當然成年後的改變也是屢見不鮮的。成年前的興趣出自家庭與學校，尤其是家庭。賊家庭只會出賊興趣，這裏便有了人出生機遇的幸與不幸。但是瘠竹出好筍，白屋出公卿，天道好還，物極必反，極地的反動往往最可貴，生物優異品種幾全依賴突變，因此幸與不幸也很難說。交遊與遭遇是成年後改變興趣的變數，全操之在我，我們要求一個人者全在於此。事業出於興趣，方有成功之事業，有興趣方能熱衷，若事業與興趣乖違，將是一個痛苦而失敗的人生。

一個時代有一個時代的興趣，一個地區有一個地區的興趣，謂之風。常人有常人的興趣，非常人有非常人的興趣。常人的興趣，謂之俗。風是變態，俗是常體。風有來去，俗則不移。俗是絕大多數常人同一興趣的集合，故它形成爲一股威力巨大無比的超強風暴，狂飆於人世，自古及今未嘗止息，它是罪惡，也是不幸。俗是財貨與權力兩股大興趣的絞合，乃是生物生存本能的雙管無限化，這無限化產生了罪惡與不幸。

要一具機器人行動，得輸入一定的程式，要一個生物活著，自然也得輸入一些生物本能。人是生物，而且一如鳥獸蟲豸，乃是個動物，他之被輸入了一切動物所共有的動物生存本能，乃是確定的事實，否則人不能生存，至少不能以動物生存。植物的生存本能細分之有三：有求生的本能、炫耀的本能、繁殖的本能。植物如無求生的本能，則種子落地，不會生根萌芽；如無炫耀的本能，則不會弄花播香；如無繁殖的本能，則不會結果生籽。動物的本能則多了植物一樣至兩樣，另有自衞的本能，外加撫幼的本能。人是最完全的動物，他的動物性便五者全備。

活命確是一件不容易的事，尤其在一般動物，有一點疏忽便性命不保。遇到荒年，即使是蟲豸，莫說是鳥獸人類，將有大量的死亡，甚者至於滅種。在科技尚未昌明的老時代，即以筆者童少年時代爲例，父母親友一再叮嚀的，千次萬次灌輸的意識，便是生存不易一事。他們教你要勤儉，要惜物，要格外看重金錢，不要怠懈，不要放蕩，不要游手好閒，不要不事生產。我這讀書、寫作的生涯，就在這幾年前，母親還一再告誡我：你年紀也大了，看你這樣子，將來難道要賴著你的兄弟不成？近年政府一再要稻農轉作，聲言臺灣糧食過剩，不免竊自暗憂。其實臺灣自產糧食還不足以自給，那有過剩？因爲進口美國糧食過多，產生了自產糧食過剩的錯覺。一旦臺灣海峽有事，四面被封鎖，或美國大歉收，外糧不入，恐怕一個月內，臺灣人口將折損一半。生存確實是件令人終身憂慮的事。目前臺灣因天時地利人和三條件的配合，國民生活優裕，這一代的小孩子們再不知道生存是件殘酷的事實。因為生活優裕而忘記了生命充滿了危險。由於船上燈光的照耀，潭裏的魚群好奇地聚到船邊來，右舷一個小孩子高聲一喊，左舷的小孩子們連同他們的母親便一齊湧到右舷來看，於是船翻了，死亡慘重。孟子說：「生於憂患，死於安樂。」向誰追究責任？這是安樂的結果。臺灣這下一代，早已忘記了生物生存本能的警覺。這在生存條件殘酷的時代或地區，是不會發生的事。無怪老一代的人，生存本能的警覺性會永遠那麼強韌而敏銳，千千萬萬年以來，人世一直吹颳著生存本能的狂飈暴颶。

我們說求活命確是一件極其不容易的事，然而卻也因為人類普遍執著於求生，而陷人世於罪惡與不幸的永恆狂暴之中。

忘記生存的艱難與危險固然不該，誇大膨脹了生存的艱難與危險也同樣不該。我們的下一代是前者，我們的這一代卻正是後者。試看我們的股市熱、炒地熱、六合熱，一個不曾深入了解人性與文明的人都曉得熱過了頭。由於熱過了頭，據說股市實值只有兩千八百點的指數居然狂飈到一萬三千點。現在可好了，從一萬三千尺的股峯一崩崩落到三千一百多尺的股谷，總算回到它的實值地位，於是全國軍公教及商家，幾乎沒有漏網，全被洗劫一空，其慘狀跟日月潭裏的溺死者正好對等，全是咎由自取，溺死者是忘記了生存的艱難與危險，被洗劫者是誇大膨脹了生存的艱難與危險。我過去也曾經是教師，對教師們知之甚詳，且以教師界爲例來探究這一案。

凡是成了股票玩票票友的，大概夫妻全都擔任教職，兩人月薪收入合計至少約有五萬元，實在很過得去。但多數教師都昧起良心，出賣教師尊嚴，關起門來惡補，以正課爲餌，脅迫學生來家補習，月入十數萬元，這是頭一層誇大膨脹了生存的艱難與危險。於是迅速積聚起游資，終於投入股市，因而促成了股市狂飈的熱力，沒有這一股熱力，低氣壓不會形成，巨颱當然不會發生。這是第二層誇大膨脹了生存的艱難與危險。其結果是成了股市設計者的牛。牛負一身的蠻力，經年爲主人增產，自己則只吃水草過一生。這是票友的活寫照。目前這些票友已成了一頭廢牛。但再等待一段時間，休養生息，恢復了牠的蠻力，牠的主人便會再度給牠套上牛軛。反正這種人，來空空，去空空，只會替別人賺錢而已，自己沒有用錢的命。

這些人的行徑實在很值得一加探究。其實這些人除了是股市的牛之外，還是資本家的牛呢！他是頭雙牛；用臺語講，他是雙領皮的牛。他先是購置了一輛裕隆較低價位的轎車，而後他的炫耀本能開始發作，不久便換了喜美的或福特的本產車，再不久他又換了豐田的，大概到了這個程度，他就在股市裏被洗劫一空了，再無力換賓士的。

自產業革命以來，資本主義興起，資本家先是把殖民地當牛，二次世界大戰後，殖民地紛紛獨立，眼看著資本主義行將枯萎死滅，誰料得到它反而壯大了。原來資本家走到窮途末路，窮則變，變則通，幾經困心衡慮，居然給他發現了一片更廣大的新殖民地，他侵入人心中，發現人的慾望是個無邊際的資本市場，這一個慾望的殖民地之大，是永遠拓展不完的，於是現代人類從此一個個成了資本家的牛。資本家算準了人人有可能的話，都想當皇帝，即使非一蹴可幾，一步接近一步，總是難以排拒。於是人人都落入他的彀中，中了他的設計，爲了當皇帝，得先當資本家的牛，沒有一個得以倖免。當然現代人的生活，一個個都比歷代皇帝過得軒冕，不幸的是，卻全是資本家的牛，全給他出力增產。

資本家所以能夠算計現代人，給拴了鼻套了軛，當他的牛，爲他出力增產，乃在他看準了現代人生物本能(做爲興趣)的無限化；股市設計者亦然。

本來做爲一個生物，求生存是天經地義的，但生存本能因受著對象的物質性之制約，是有局限的。以獅子爲例。依據非洲野生動物學家的觀察，據說非洲獅子在吃飽了羚羊、斑馬或野牛肉之後，躺在地上消納，人類從牠附近走過，並不起而攻擊；或是羚羊等動物站在牠附近，也一樣無反應。牠是吃飽了就無事了。若牠再行殺生，來屯積肉糧，那些肉糧是保存不住，會全部腐化掉的。故獅子的生存本能受到對象的物質性之制約，到達這個限度便停住了。這在人類則不必然。人類有屯積的習慣，人類有術突破對象的物質性之制約，故人類是吃飽後纔有事的，這是件很可怕的事實。故獅子殺生無罪，而人類殺生則多半是罪惡。大自然界原本是沒有罪惡，罪惡始於人類，也只附著於人類。人類吃飽後纔開始其殺戮，把遍地的有肉動物盡行殺光，將肉曬成肉乾，他打破了一般動物所受的制約。臺俗逢人打招呼，總是問：「吃飽未？」殊不知對方是人，不論他吃飽了還是未曾吃飽，對你都是危險。這個問話是廢話。你跟獅子問這話是有意義的，若獅子回答你牠還沒吃飽，你可拔腿就跑。可是他是人，你不用問，早該知道他貪而無厭。你這是白癡，你這個樣子，早晚成了他的肉乾。

生存本能原本是滿足了便暫時退位，不再主控該頭生物，故一般動物吃飽了卽無事，牠的危險性便卽刻下降到最低程度。人類自始便有生存本能常控不退位的傾向，其關鍵在於人類有智力，有近憂遠慮，遂導致生物生存本能的永不退位，而且進一步無限化成爲生活中絕對普遍化的寡頭大興趣。生存本能一轉變成興趣，問題就大了，這是惡魔的出世，鬼神且爲之夜哭，天爲雨血。我們想像原始人類吃飽了鹿肉後，坐在洞穴口觀望山腳下的動物群，一切都在掌握中，那邊是一群鮮肉，不會腐敗，因此沒必要殺來曬成肉乾或烤成肉乾（假設原始人知道製肉乾術），除非有天候不佳的日子。我們再想像，假使原始人清早起來，不見了動物群，必定會大起恐慌。假設原始人有了這種經驗，他們平日大製肉乾便成了必要，不必限於有天候不佳的日子。就這個限度上，我們不能指摘這群原始人的生存本能有了病變。其實在單純製肉乾或積穀防饑這個行爲上，人類的殺生甚至是貪婪都還不能算是有罪。人類罪惡的成立（或罪惡在世界出現）乃在於生存本能轉變成了興趣這一刹那。後來貨幣與國家的出現，這個由生物生存本能轉來的興趣遂兇暴化成爲這個宇宙的癌；也就是說，宇宙的進化，到了此時生出了癌組織，你可以說，這個宇宙到此時顯現出它的老邁，已臨到衰亡。

生存本能原是造物主賦予生物遂行個體生存與種族繁衍的一個機制，這個機制在動物界乃是純粹的一個暴力機制，以殺戮、爭奪、霸佔爲手段，其不落於罪惡，僅僅是幾微的一間，即僅差一個臨界點的事，其能避免落入罪惡，乃是造物主極其奧妙的手法，一種無上的藝術。這個幾微的一間，幾微的臨界點，只要輕輕的一個風吹草動，便會卽刻突破，當然是經不起些微的誇大膨脹，更何況是無限化。

早期人類，懲於生存的艱難，水旱蝗蝛的不可預測，雖能運用人智突破對象的物質性之小制約，究竟還是無法突破其大制約。設有一個貪婪的人，或者不說他是貪婪，我們改說他是一個遠慮的人，那麼給他一座山似的稻米，他該放心了，顯然有了這一座山的稻米，他這一生必可不虞匱乏，必可免於餓死。但有了這一座山的稻米，他得有足夠的穀倉來存放，其次他得能防腐防鼠防盜纔行。顯然這一切他都做不到。最好的辦法是將稻米存放在活田地裏，只要有夠大的地，一年年地收，一年年地吃，總收量可跟一座山的體積齊等。好了，他該擁有多大的地……一千甲？一萬甲？給他一萬甲罷，他一家耕得了嗎？那麼誰替他耕？此時國家尚未形成。他擁有這一萬甲，有九千九百多甲根本是廢地，他耕不了；即使耕得了，也不能避免被人盜收。因此由一座山的稻米，換成一萬甲的地，物質性的大制約，他依然不能突破，要突破這個大制約，得俟國家形成。國家形成之後，國王可驅使國民當他的農奴，替他耕作收成；貴族亦然。當國家形成之後，有少數人（執權杖者）的生物生存本能得到無限化，這些人是生物中的絕對成功者，生存的艱難與危險對這些人而言業已不存在，他們只差會老會死，若他們能不老不死的話，他們簡直可跟上帝等埒。這些人是宇宙間罪惡的創始者，他們生活在超生存的境地，就動物界一向的生存方式而言，這明明白白地是罪惡。動物界有個嚴格的條律，絕對不暴殄天物。動物界賴以維生的，全是生命，獅子吃飽了羚羊肉之後，不可能再殺生，這是鐵律，但這些人並不滿足於素樸的維生，即他們不止要吃，他們還要吃得好吃，只吃一條命的精粹部分，如一頭牛只吃牛舌，一隻鴿子只吃牠的腦。他們揮霍生命，這是罪大惡極。而且他們奴役同類，且終身奴役，這是原先動物界所無的，這也是罪惡。他們尚且邪惡地白白殺生，動物界只有要吃牠纔殺牠，從來沒有白殺的事，除非是自衞。帝王貴族因吃髓知味，開始體味到生存以上（即超生存）的耽樂，他們的生存本能遂轉化爲生存興趣，這纔蹚入大邪惡大罪惡。如帝王貴族服春藥以行淫樂，這便超出了生殖本能。如羅馬暴君尼羅，以殺人爲樂，終至縱情焚城，便是超出生存本能達到狂惑地步的大邪惡。如近日美國總統布希爲了維護美國政府背後的資本家的石油利益，不惜驅策美國子弟上戰場，便全是生存本能轉化爲生存興趣的行徑。

生物本能之無限化，之興趣化，原只是少數人的事。但這總是一條路，一條管道，從此人人覬覦帝王貴族做，於是生存本能之無限與趣化便像頑癬般向人類全體擴展開去。一次換朝代，血流成河，死屍枕藉，人類從此進入了最悲慘的文明時代。而平時的彈壓與殺戮，又造成多少不幸？國家的罪惡，政治的罪惡，連老天都不忍正視。劉邦跟項羽鵠立道旁，觀望秦始皇出巡，兩人羨慕得要死，一個說：「大丈夫當如是也。」一個說：「彼可取而代之。」這是很有名的一段歷史故事。我嘗說，世間有兩種人做無本生意，一種人是叫花子，另一種人是帝王，即執權杖者。二者全要人施捨，前者向人伸手，給不給隨你；後者也向人伸手，給不給卻由不得你，你非給不可，否則你有的好看。如今所謂民主時代，即有帝王，幾皆虛位，今日這一批無本生意人，是換了名稱了。他底下隸屬著一班大小不等的執權杖者，這些大小執權杖者是人群的成功者，是被羨慕與崇拜的對象。只要國家存在，政治存在，人類永遠在最悲慘的文明裏。

權杖究屬少數人，多數人生物本能之實質的無限化興趣化，則有待於貨幣的出現。貨幣是不會腐敗的鮮肉，不會腐敗的穀物。先前生物本能受限於對象的物質性制約，有了貨幣之後便全數打破。貨幣解放了人人本能的制約，使人類生物本能徹底無限興趣化。貨幣爲輕易可得的權杖。一疊鈔票在手，爲所欲爲，先前生存的艱難與危險之事實消失於無形。貨幣幾乎令人人都當了帝王貴族。故貨幣興趣之大遠超權力興趣。股市之牛之所以能釋放巨量熱能，令股市狂飈且造成股市大風暴重挫萬點者，便是這一股威力巨大無比的興趣。

貨幣是人類生存所需一切物質的共同信物，這是其所以能誘發生存本能轉化爲無限興趣之所在。但這興趣之無限的一往不返，終究令人忘記生存所賴者是諸種物質，不是一紙鈔票或一塊硬幣。於是變換物質資源使成爲人人口袋裏的貨幣或銀行裏的存摺，而自信生存已得到萬分保障，遂令財貨滿足的興趣蒙蔽了生存的警覺，這個事實造成了今日世界能源與資源面臨枯竭而猶沈溺不起的危殆境況。不久的將來，人類恐將在一往不復的財貨興趣中趨於滅亡。財貨興趣另一方面的災害是吸乾了人的生活，使人的生活永遠不得萌生，使人的生活成爲不可能。

權力興趣與財貨興趣乃是生物生存本能之雙頭的無限化！這雙頭興趣構成了佔絕大多數

常人的庸俗人生，而造成一個所謂的俗世——庸俗人世，一個罪惡叢脞的不幸世界。這個世界，這個世界中的生物，依舊是生物生存本能所控的世界、生物生存本能所控的生物，卽依舊是一個動物世界，依舊是種獸——一種動物。我們檢視這個世界的機制，跟一般動物界別無二致，除了動物的生存本能而外，一切無有，你再找不到別的機制。他們號稱是人，的確，他們確是有個跟馬、牛、羊、雞、犬、豕不同的形體，他們是另一種獸，合該賦以一個新的獸名，這個新名，他們取了「人」字。但他們的格仍舊是獸，因爲他們的存在，未有新的機制。就這格加以嚴格界定，他們是一隻人，不是一個人。（一個人有一個人的生活，一個人有一個人的存在機制，關於這一節，另文詳述。）

——一九九〇、八、二十八～二十九

小蓓

小蓓是隻紡織娘，小女兒起的名字。

前年，小女兒說是前年，大概不會錯，牠在一棵海頓樣上同一枝葉間連續唱過三個晚上，禁不住想去訪牠，於是拿了手電筒，和小女兒一同去。靠近兩公尺以內時，牠停止了歌唱，離地約一公尺二十公分高，棲在密葉間，淺褐色中略泛著微薄的柑橘色——在手電筒光中看來是這樣的顏色。好可愛的偉大歌者，我心裏面的愛意不可言喻，小女兒大概也是同樣的感應。有大蝗蟲一般大小，約六、七公分長，一身全由弧線構成，柔美之至，跟大蝗蟲的直線式剛武體型成兩極。我和小女兒都看得合不攏嘴。我們低聲讚美，牠睜著那對大眼，看來好似會打轉，一直瞪著燈光看。怕打擾牠太久，遂悄悄引退。片刻之後，牠的歌聲又起，一聲聲激發著我們內心的美感。怎麼說好呢，一隻小小的蟲，兩個體型龐大的人類，我說我們感謝牠。

最近小蓓又熱烈地歌唱起來了，而且牠的歌唱定點竟在我家新屋緊靠客廳西窗邊，也就是緊靠我的臥室南窗邊的新榢上——說是新榢，也有將近二十年的樹齡了。我早已忘記小蓓這名字。我頭腦之優異舉世無雙，莊子說：「至人之用心如鏡，不將不迎，應而不藏。」我就是有這麼一副舉世最善忘的至人頭腦。小女兒說小蓓來了！我說小蓓是誰？小女兒說就是牠啊！我這纔曉得牠叫小蓓，可是對於我這無異是新起的名字。其實牠是小蓓與否還是個問題。不過小女兒有的是不朽的名字，因此牠是小蓓絕無可疑。到底紡織娘的壽命有多長，莫說是小女兒，我其實也一無所知。然而我卻樂於接受在小女兒不朽的名字下一切生命的永恆長存。

紡織娘的歌唱出奇地自明，任何人一聽見牠的歌聲，只要是知道紡織娘這名稱的人，一定會指認出是牠，即使從來不曾接觸過。

這一回小蓓這樣靠近新屋，令我們父女大大歡喜。有一次，有隻痲雀停在梭羅的肩上，梭羅認爲比佩戴了世上最爲榮耀的肩章都更榮耀。小蓓雖不曾停在我們的肩上，我們雖不曾有榮耀之感，我們心裏的歡喜可是跟梭羅齊等的。

小蓓每晚來得很準時，黃昏之後初晚六點四十分至五十分之間，先是聽見牠的切羽聲

——牠歌唱前一定要先切切羽，響亮的 siat 一聲接一聲，大約要切個八、九下，然後便連聲歌唱，一唱便是三個鐘頭，中間不曾歇息。我總是近十一點入寢，有時候我剛一上床，牠又切起羽來了，這回牠是唱到何時則不得而知；我雖然很願意躺著欣賞牠的歌唱，可是睡意總是不知不覺襲上來。最近這些夜晚，我多半是在牠的歌聲中睡去。其實因爲距離過近，僅有二、三公尺遠，未免覺得有點兒聒噪。我跟小女兒說小蓓太噪人耳，小女兒總是笑一笑，小女兒的房間在客廳東。

我發現蟲鳥似乎很喜歡人類，很愛接近人家。除非不得已，人類實在應該疼愛這些喜歡自己的野地生命。因此，即使小蓓的歌聲眞的聒噪，我還是喜歡牠。

生物在自然界都有天敵，每晚聽過小蓓的歌唱，我們總耽心牠明晚是否還能來。這裏，Long-tail（一隻伯勞的名字）、阿蘇兒（一群白頭翁的代表）和樹蜥蜴在在都可能將小蓓果腹。然而小蓓總是每晚都到，我們便每天爲牠耽心。我們不知道牠白天躲在什麼絕對隱祕處，牠可是眞機警。然而一場天羅地網也似的大災禍卻正逼著而來，而這場大災禍會降臨與否卻取決於我。

今年雨煞得早，十月四日起便不再有雨，南臺灣於這一天進入旱季。一進入旱季，檨樹便極端厭惡大量的水分，一有大量的水分，葉面便會出油，等到油乾了，便形成一層漆一般的黑膜，將葉面完全蓋住，絕對不可能營光合作用。十月二十二日晚居然下了七十分鐘的大雨，三、四天後，樣葉開始出油，到得十一月初一、二，早已出得有如濃霧重露般由葉尖往下滴落，來勢之兇厲，前所未見，不得不考慮噴藥。但一想起小蓓，便不由得手軟。若不噴藥，這一片樣林三、五個月內必定全部枯死。權衡實際，不得不噴。噴藥的前一晚，我們父女都十分難過，小女兒還要求老父放棄。這一晚小蓓唱了三個鐘頭之後，休息了約一小時，我剛上床，牠又切起羽來了，我內心的感受，非筆墨所能形容。然而我終究是鑽研過《莊子》的人，只好委道任運去。

噴過藥後，膠菌立死，葉面的油隨即乾了，油膠幾天內便會自動脫落，樣林是得救了，可是這一晚小蓓沒有來，我們就心牠或許死了，雖然我選用的是低毒性的藥。八點五十一分，下起大雨，一連下了四十分鐘，雨後藥味全無。天明一看，葉面早已洗刷淨盡。可是第二晚小蓓還是沒有來，也沒聽見牠在遠處歌唱，我們心裏都異常沈悶。今晚是第三晚了，六點四十分一到，我便留意傾聽著，將近五十分時，小女兒跟老父說，遠處的聲音是不是小蓓，我湊近窗邊聽，果然是，在我的臥室西二、三十公尺處。啊，小蓓沒有死！這兩三天來牠一直在養傷，如今復原了，但願牠明晚會回來！

——一九九〇、十一、十一

小說家的夢與現實

温吞島

俗語說：「暗路行不煞（止），會撞著鬼；舵公（船長）做不煞，會吃著海水。」這話的意思是說，有些行業乃是玩命的行業，最好是避免去從事，但人是短視的動物，只要眼前有好處，往往顧不得未來，卽使是條死路，只要腳跟前有實地，還是踩了下去。像太空人、飛行員，命懸九天，居然也有人當，便是帝王、總統、總理之流，時刻處在被暗殺的危險中，世人更是人人熱中。但這些總歸是特殊的黑行業，一般行業普遍還全是平實安穩的白行業。比方說寫小說，你斷不至於說小說家蹲在家裏爬格子也有什麼風險罷；他不出門，起碼全馬路上的車輛定然是輾他不到；其次，他與世無爭，關在象牙塔裏，張三李四趙五一個不識，自然不可能跟誰結怨，致使有人非要除掉他不快；既然是如此這般，只要他好好兒照顧他自己的胃，休教它鬧病，在世人之中要挑一個比他更安穩的人恐怕是挑不出。然而若有人冒然主張寫小說也是黑行業，你或許會吃一驚，你斷然不肯相信。當然你不會相信，我也不會相信，要不是新近聽了一個自外國回來的朋友講起一個小說家的眞實故事，誰能相信寫小說也是個碰不得的黑行業呢！

話說大洋洲中有一個島，朋友是提起過該島的名字的，我記性奇劣，此時已記不起來了，這個島因爲土著生性溫呑懦弱，在二次大戰後殖民地已全部獨立的這個二十世紀末，卻仍被外來政權統治著，依舊未得翻身，過著任人宰割的生活。這任人宰割的生活是怎樣的一種模樣，因爲我們臺灣人便是生性溫呑懦弱之民，種種苦慘，皆全已切身膚受過，用不著再行描述。由於這殖民地之民的溫呑本性，島上的殖民政府官吏遂成了地球上唯一不二的天之驕子，萬惡做盡，卻是福報無邊，令世上不仁不義的人好生羨煞。就是爲了這奇異的世景，引起我們這位小說家的好奇心，特地自本國來到殖民地，要仔細觀看這人性溫呑地面上爲惡的福報是怎樣的一種天理。這位小說家在殖民地足足住了一年，在洞燭了這荒謬的天理之後纔回本國去。

於是他在本國某大報上開始發表一部連載長篇小說。這部小說顯然在影射殖民地。小說開頭幾章凝聚筆力描繪人性中的溫呑景觀，描繪深刻入微，據說這幾章書傳入殖民地之後，頗刺激了土著中的智識分子。接著他費了一整章的篇幅來討論溫呑人性宜於統治、奴役、搾取。這一章書顯然不合小說常規，竟類似一篇政治學論文，論旨跟我們的一篇老書〈中庸〉頗爲暗合。我們的〈中庸〉有幾句話尤其突出，如「地道敏樹，人道敏政」，意思是說，大地適宜種植，而人群則適宜辦政治；又如「武王一戎衣而有天下，貴爲天子，富有四海」，點出統治者的終極好處在於又「貴」又「富」，當了天子便得到「至高的貴」和「至鉅的富」，這種觀念不久便鼓動了項羽和劉邦，看見秦始皇出巡便說「彼可取而代之」、「大丈夫當如是也」，終於起而爭奪至高的政權。但我們這位小說家的興趣沒這麼高這麼大，他只說溫呑人性令辦政治的人墮落，這種說法卻是我們的政治學所沒有的，比較起來，他的觀點高超得多了，而且還是嶄新的。但他這一章書，讓支氣管發癢而又強忍著不敢咳嗽的殖民地當局忍不住了，遂向本國地方法院提出告訴，地院勒令該部小說暫時停刊，待判決後再作道理。訟案經傳播媒體的報導，成了轟動的大新聞，出版商抓住機會，搶著將已發表的部分當上部推出單行本，竟登暢銷書榜首。當然殖民地土著的智識分子幾乎人手一册。而地院則判決不起訴處分，理由是作品本身並未指名道姓。殖民政府眼看著成了新聞，早已後悔不置，遂未再議。

下部小說纔一續刊，情節便立即推向高潮，讀者諸君，你說是何情節？原來作者筆鋒到此一百八十度大翻轉，殖民官吏破天荒遭暗殺。眞是跌破了所有讀者的眼鏡，誰也沒料想到這溫呑地會轉出這樣的情節。但是更難堪的是，當局居然束手無策，偵查不出可能的兇手來，而讓暗殺案一直懸宕著。於是讀者們一個個都成了福爾摩斯，各自揣測，但聰明的讀者早已猜到，紛紛寫信向作者求證。據說本國文壇從來沒這麼熱鬧喧騰過。

在案情懸宕過一大段時間之後，作者索性挿科旁白，譏刺殖民政府近半世紀以來（殖民地是大戰中掠奪得來），養尊處優，四體不勤，全都成了大老爺，個個腦滿腸肥，文恬武嬉，一旦變生肘腋，除了傻瞪眼，還有什麼能耐？可謂極盡揶揄譏諷之能事。他這筆法，或許是師法英國小說家菲爾丁的《湯姆・瓊斯》一書，此書以旁白多出名。

但殖民政府因懲於上回媒體的渲染，只好逆來順受，不敢再有動作。作者見殖民政府過分沈默，有意要多螫他幾針，不待破案，又加了一案，又有一個高級官員喪命。至此殖民政府忍無可忍，派人跟小說家傳話，警告他這樣無中生有，果眞出事，後果要他承擔。但我們這位小說家置若罔聞。試想想，一筆在手，任意塗鴉，儼然有如老天創造萬有，我們的小說家正在興頭上，早已昏了頭，心中那裏還有利或害？那裏還有後果？故他只當它是耳邊風，而且他也眞痛恨殖民政府的不仁，想藉此加以制裁，倒有幾分意思希望興起眞風作起眞浪來，因此相應不理。

至此小說家故意讓兩個懸案繼續懸著，竟大大做起文章，揭發殖民政府的諸種敗德，這裏他用的是倒敍法，詳細描寫殖民政府自初治殖民地以來，如何一步步墮落腐化，讓讀者讀得髮指，認爲暗殺是應得的報應。這一部分，他一共用了三章的篇幅，殖民政府頗爲惱火，曾經直接打電話問他居心所在。小說家答以世界政治潮流，侵略與統治早已過時，二十世紀末的今日，侵人一寸地，統治一個人，都是可恥的行爲，任何政府都不再是統治者，而是承包商而已。

接下來的一章，小說家對懸案不破又大加揶揄，但這一次不再是旁白式的譏刺，而是採取實筆的反襯，土著看著懸案不破，全島村里長（這是土著的最高官職）連署請願，要當局教導他們破案的方法，他們願意盡力協助當局，將兇手揪出來，繩之以法，以免危害全島的安定。

一入下一章，小說家進一步更狠狠地在十天內又做掉三個高級官員，讓暗殺數字急劇升至一隻手的手指數字。於是殖民地高級官吏，人人自危，有棄職遄返本國者，有遠颺異邦者，甚者謠傳連總督本人也已準備裝病，「保外」就醫。情節到此發展到最高潮，全國讀者狂熱喝采，該報銷路驟增，遙遙領先，至令各報側目。而尤其乖謬的是，連本國中央大員也都成了忠實讀者，認爲殖民地果如小說所寫的話，顯然乃是國恥，據消息靈通人士透露，中央可能將於近期對殖民地行政做實地調查。而一般讀者群的興趣卻在於如何破案，兇手的眞面目是何等人，也有一部分激進的讀者則希望多暗殺他幾個，最好連中下級官吏也加以開刀；一句話，讀者們全都入迷了。作者每日收到的讀者來信無奇不有，也有心軟的女讀者勸作者筆下留情，莫再開殺；也有熱心的讀者替作者規劃情節，提供離奇的破案手法，外加狡猾的逃亡術。但作者早胸有成竹，下一章發表，又讓讀者跌破第二副眼鏡。讀者眞正樂透了，紛紛寫信給作者，盛讚他是二十世紀末最特出的小說天才。你道這下一章是什麼樣的情節？

原來這溫吞島素以太平無事聞名，戰後數十年間漸以New Paradise的美譽，凌駕北歐四國及瑞士，觀光客到此，往往留連忘返，僅僅是治安環球第一，眞眞是達到了路不拾遺，夜不閉戶的境地，便足以令生活在時刻暴露在盜竊、強暴、兇殺的現代文明人醉心，因此一向觀光客絡繹不絕，但世界各地傳播媒體卻因無事罕有報導。此時因暗殺案件接二連三迭起，遂引起老觀光客的好奇，想親身來一看究竟，因而勃發了一陣大觀光潮，而且也刺激了原本便惟恐天下不亂愛惹事生非的世界各國傳播媒體，一窩蜂地擠來。一時全島大小飯店，家家客滿，又因傳播媒體的通力報導，惡性循環地招引了新觀光客，幾乎全世界的有閒階級全湧了上來，島上人口劇增一倍，土著家家戶戶皆騰出客房。因這意外的外快，全島人民笑逐顏開，但當局的顏面之掃地則可想而知。讀者之熱烈喝采，自非偶然。

但正當喝采聲鼎盛之際，情節卻突然一轉，這一轉令小說家眼前一黑，幾乎一仆不起。讀者先生女士，你道是出了啥事？原來到此情節竟自小說中跳了出來，轉在現實的溫呑島上演出，溫呑島居然眞的傳出了高級官員的暗殺案，總督府底下內政局局長被弑。這一來事態嚴重，總督勃然大怒，次日便派了一名專員來到小說家寓所興師問罪，排闥直入，傳達總督的口令，要小說家於一二日內在小說中破案，審判庭情節盡量節省筆墨，處死方式要極盡慘毒之能事，以收殺雞儆猴之實效。於是這名專員遂強制下榻於小說家家中，當晚的出稿便經他審查。小說家不止寫作失去了自主，連行動也失去了自由，專員等於在小說家家中將小說家扣押了。但第二天，小說家利用夫人上菜市場之便，向報社透露在家被扣押的情況，要報社引來各大傳播媒體的記者，待記者群一窩蜂湧到，專員只得由後門落荒而逃。

當日電視便以頭條新聞報導了這個事件，殖民地政府則矢口否認。但隔日專員便打電話來表示他對當日連載文的不滿，限次日要小說家破案，否則將將他劫持到殖民地，他將有的好受。小說家回答專員，他的連載文一天份不過兩千字，這不像縮地術一下子便可縮攏來，小說家勸殖民地政府還是實際破案纔是正經，種瓜得瓜，種豆得豆，咎由自取，怪不得他。

最後小說家告訴專員，不待他們來抓他，他馬上自我失踪，半小時後他將在一個安全處所了。於是小說家三十六計走爲上計，肥遁去也。

此後小說照常連載，但沒有人知道小說家身在何許。但殖民地政府即使沒能劫持到小說家，他們對連載文也該滿意了。小說的情節急轉直下，一星期後宣佈破案，原來刺客乃是一個來殖民地研究民俗的外國民俗學家。殖民地政府認定溫呑島人壓根兒不可能有報復暗殺的觀念，因此調查的方向遂針對外來長期住客，總督府發遣了近一千名監視者，兩名一組盯住各自的特定對象。這名民俗學家在進行第六次暗殺時現了身，經偵騎車逐車，由城市而鄉村，由鄉村而山腳，由山腳而山頂，終於在小說中的殖民地最高峰格格山頂，捨棄車輛，遁入地心穴。顯然我們這位小說家他那使不盡的想像力，又在這個情節上預留下了無窮際的空間，這地心穴的偵逐，將又是一番曲折多變化的好戲。實際的殖民地是沒有所謂地心穴的。據小說家的描述，在造山運動中，格格山（目前的高度僅有一五四五公尺）最後一次噴火時發生了奇蹟，那末道岩漿全力噴出後，底下的漿穴被兩塊巨板岩的對擠給關閉了，因此山腹內留下了蟻穴也似的無數穴道，至今尙無人探盡，因此人們傳說它直通地心，因而被命名爲地心穴。

接下來的追逐與逃亡情節，小說家趁機大幅描繪了地心景觀，五步一樓十步一閣般藉著地心的燐光與偵騎的強力照明，萬花筒似的一個轉斡一面奇景，一段曲折一所洞天，看來似乎有意跟科幻小說的祖師爺 Verne 的才力一較短長，Verne 嘗有《地心遊記》一書，描寫地心，極盡恢詭譎怪之能事。但這章書，在殖民地官員的眼裏看來，必定顯得異常冗蕪拖沓，因爲他們期待他凝聚一滴巨墨擒兇。其實殖民地政府上上下下全都惱火了，正如小說中所描寫，溫吞島因小說事件而居年度世界十大新聞的榜首，早已招致老觀光客陸續而來重溫舊夢，從而煽動了新觀光客的人潮，又因小說的不幸而言中，爆發了暗殺案，世界傳播媒體遂蜂擁而至，殖民地的熱鬧與擁擠，跟小說中的描述一模一樣，而殖民政府之狼狽，則遠超過了小說中的情景。

這一天小說家接到專員的電話，嚇了一跳。專員告訴小說家，他們已偵查出他的住所，已派了五個人盯哨，小說家的一舉一動盡在監視中，限他至遲自明日起的第三天，必須在報上見到他擒兇，否則很抱歉，他們只好殺了他。專員說這不是恫嚇，而是命令，如心存僥倖，他只有賠命，說完電話便掛斷了。

小說家從專員說話聲調的低沈和寬緩，直覺得對方已下定決心，不是鬧著玩兒的。他原本預定將地心大加描繪一番，寫他三章，這下可不得不放棄，終究是性命交關，輕忽不得，於是當天晚上他送出的稿便設下暗伏擒兇的端倪，小說家送出稿後不免感到心灰，平生第一次嚐到創作失去自由的滋味，這有如貝多芬合唱交響曲第四樂章被截去了全章三分之二的音節一般，還聆得嗎？此時他纔深深體會到在極權統治下文學創作的苦澀。但事已如此，不妥協又焉可得！

這一夜小說家輾轉反側，竟然到了深夜還睡不著，不得已爬起來，走出去通宵夜市大吃了一頓消夜，回來躺下來，畢竟血液大量聚集在胃部，腦神經不再活躍了，遂昏昏睡去。也不知過了多久，他彷彿覺得自己正在修飾稿子，一番眼澀打起盹來，正矇矇矓矓間，走進一個人，小說家一驚醒，見是一個陌生人。

「閣下，請免驚訝！」此人說著遞進了名片。

小說家看了名片，大吃一驚。

「您是……」

「不錯，正是閣下書中的主人翁，民俗學家，依閣下的安排，目下正在地心中逃亡。」

小說家半晌說不出話來。

「在下不速唐突，令閣下駭惑，至感歉仄，但區區實非得已。」

小說家神魂稍定，說：

「來意是……」

「正義不能死亡，」民俗學家說著一頓：「正義不能死亡。」

「自來是邪惡踩躪正義，邪惡榮生而正義辱亡，這是人世。」

「小說不在抄襲而在創造。老天賦小說家創造的能力，便是要藉小說來超越現實，這一點是老天無法直接做到的，因此祂把棒交給小說家，交給一切文藝家、發明家、改革家。」

小說家沈吟未語。

「閣下總得盡天職。閣下著作本書，動機豈不在此？」

「鄙意只在彰顯邪惡，激發人渴慕正義。人不渴慕正義，正義便無從萌芽、生根、生長，邪惡便將永遠猖獗。」

「閣下賦予正義以活生生的生命；卻又要將正義處死，恐怕只會收得反面暗示。」

小說家又沈吟未語。

「閣下授我翦除邪惡之權柄，業已翦除五個，閣下如其處死正義，則閣下便是第六個邪惡，其幸熟圖之！」

小說家聞言不由打了個寒噤，不覺驚醒，方知原來是南柯一夢，登時全身發熱，迸出一身大汗來。

「眞是活見鬼，我的意識是怎麼啦，竟跟自己過不去，編出這樣一場惡夢來？」

小說家待換掉了濕漉漉的睡衣之後，坐下來尋思，不由得自言自語：

「總歸是自家內心爭戰！」

這是最合理的解釋。這時天也快亮了，便索性起身梳洗，迎接一天的開始。

上午小說家到各處蹓躂，看天的藍，草木的綠，這是他怡養身心的日課；上午他從來不寫作。這半天他一如往常，過得安閒自在，內心裏跟天一般晴朗，無一絲陰翳。下午坐到書桌前，拿起筆時，陡的記起了夢中「第六個邪惡」這話來，背脊上竟一陣陣發毛。

「他要將我當第六個邪惡來殺掉？」

「做夢殺得了人嗎？」

小說家思索著，背上的、手臂上的、臉頰上的汗毛，仍一陣陣地豎著。

「眞是活見鬼！」

晚上如常將稿發了出去（傳眞發送），依舊是朝著第三日遭遇被捕設筆，但表面絲毫看不出，除非進入小說家的內心。

這一晚小說家上床時的心情比昨晚和緩些，失去創作自由的感受顯然不再那樣強烈，但夢中那句話卻像一尾毒蛇般蜷伏在他的心中，臨入睡的那一剎那，他向潛意識打入了一個強烈的旨令：解除一切理念。

從小說家醒來的時間看，他睡得頗沈，但在醒來的幾分鐘前他又做夢了。場景依舊是在看稿，依舊是眼澀打盹，依舊是有人進來，依舊是驚醒，眼前赫然還是那個他創造的人物，面帶怒容。

「在下是閣下創造的人物，在下就居住在閣下的腦中，閣下的一想一念，在下瞭如指掌，閣下依舊是朝著落網設筆。昨夜奉懇的話，閣下認爲只是一場夢，等閒視之。今再請求，閣下幸勿以自家性命爲戲，這是一場正義與邪惡之爭，閣下如左袒，在下言出必行。」

「足下之言實在大無道理，我身在人世，足下所知，如前所言，人世是邪惡蹂躪正義，我獨且奈何？」

「閣下可以爲正義而死，正義不可以爲閣下而亡；況閣下有權賦我生，無權賦我死。大無道理實在於閣下，不在於我。」

小說家沈吟未語。

「死於醒時，死於夢中，何者值得？何者可怕？惟閣下圖之！但願從此不再與閣下夢中相見；如其不獲已，必請諒解。閣下能携帶一枝手鎗或一把刀劍自衞最好。」言訖一鞠躬飄然而去。

小說家醒來，喃咕著：

「開玩笑？誰有本事帶一支鎗或一把刀進入夢中？」

至此小說家肯定那已不止是夢，而是另一個現實。顯然，他已陷在兩難中，而不論他採取何種寫法，結局都是同一個死。沒有選擇的兩難等於是一難，也等於是不難，他只要任意寫了就得了。但這一晚他沒出稿，試想一想，僅僅是離家一星期或一個月，便有一些事得預先處理好，何況是一去不復返，他或許是爲此纔就擱了一天，也許他根本來不及想到身後留下來的事，乃是人們走到岔路口慣常有的躊躇。然而下一晚他是出稿了。他採取了何者呢？我沒有讓我的朋友講出來，這太悲慘了，我實在不忍聽下去。

——一九九一、一、七

盲人島

一名：無罪惡之島

世事無奇不有，就是想像力最豐富的人，也無法想像得盡這些奇事。我一向認爲凡是政府總是邪惡的，凡是做官的沒有一個是好人。誰知竟有例外，在這個現地球之上竟然有那麼一個政府如此善良，有這麼一個執政者居然像是神佛的化身。

據說——當然這是事實，不是傳說，只是有良心有愛心的人，在公開這項事實之時，他得守口如瓶，不說出這項事實發生的所在地，因此他只能聲言是「據說」，而所謂「據說」也者，其實乃是有所「據」而「說」，並非是子虛烏有。

近世資本主義漫延到那裏，罪惡便「正當」地漫延到那裏；所謂「正當的罪惡」也者，它是合法的，官方的。撒旦集團執政，刊佈的是撒旦的法律，以撒旦的法律爲依歸，撒旦是合法的，這是當然的事實，也是不刊的眞理。據說這一個國家到了二十世紀的八十年代也被資本罪惡完全淹沒，但是有眼睛的人，即明眼的人，即使眼睜睜地看著罪惡撲到己身，只要有太陽的日子，他總是看得見罪惡來襲；可是那些沒有眼睛的人，即盲眼的人，即使是太陽照得徹亮，他們被罪惡撲噬了，卻看不見罪惡撲來。此事令慈悲的執政者大大感傷，認爲太不公道。執政者認爲，在清明世，失明或許不是不幸，但在亂世，失明確就是不幸。耳目是人的兩個門戶，罪惡由此進出，沒有人能確保這兩個門戶絕對乾淨。失明的人，確實杜絕了一門罪惡，卻防衞不了明眼人的罪惡，這種單方面的劣勢非常的不公，因此執政者在嚴厲懲處了無數明眼人侵犯盲眼人的刑案之後，認爲除非給盲眼人一處盲眼人專有的世外桃源之外，盲眼人將永遠是資本主義罪惡的最深受害者，於是我們這個地球上遂首次出現了一個盲人島。

盲人島地處赤道，約有我們的小琉球四倍大，原本是一個自海中浮出的大珊瑚礁區，經億萬年的風化，土壤草木蟲鳥泉水一應具備，距離最近的大島有二十浬，自來有個漁村，徵得漁民的同意，由政府給予優厚的條件全部遷出。漁村原是依自然的地形星散分佈，漁民遷出後，經一番整地，將島中央剷平爲一個小平原，四周保留著嶔嵚嵯峨的小礁丘，成爲天然的屏障。島上原本有數種蛇鼠，整地建築社區、學校、圖書館、遊樂場、劇場、運動場，約一年的時間，已殲滅無有孑遺。蚊蠅類昆蟲也在建築完工後悉數撲滅。就自然環境而言，眞可以稱得是世外桃源。

社區住宅，採家庭式平屋，櫛比鱗次，每家皆有前庭後院護以短垣，以防直闖，而短垣脊設計各異，便於分別記認，街道每段亦皆有特殊記認，便於省記。成家者一區；未成家者，男子一區，女子一區；鰥寡者各一區；學童住校。公共設施在社區中心，人到各區臨界，便有簡短樂音響起，至易分辨，居民約兩千人，皆由志願，年齡限於自八歲至五十歲，成年人唯一條件爲不得携帶子女，其在島上成家者亦不許生育。

島上無交通工具，行動依賴雙腳。各家距前垣門左側一尺，與短垣連體豎立一柱，設有運輸纜，由島外一小島專人操縱，舉凡手工原料或成品，飲食用品，皆由此輸送，各家有一封籃，籃蓋密扣，風雨不侵，封籃到達，每戶對齊，鈴聲便響，自動放下；垃圾亦由此輸出。手工以串珠爲主，有眞珠、虎眼、貓眼及一般念珠。手工以按件計酬，給付鎳幣，鎳幣以大小輕重分值，無文字。遊樂場及劇場皆有零食飲料自動販賣機供應消費。寢具、家具及衣服、三餐、水電，皆公家免費供給，以保障居民基本生活。

各家前庭左側種有桂花、含笑、夜合等小木本香花植物；後院有單槓雙槓等幾樣運動設施，單雙積日間作晾衣器材用，夜間作運動器材用。

全島無照明設備，居民以晝爲夜，以夜爲晝，以黃昏爲黎明，以黎明爲黃昏，家居皆赤裸不著衣服，惟出門則著套裝；所謂套裝，實則爲套頭長袍，頭頸手臂由長袍缺口伸出，如斯而已。出門所以著長袍者，以免彼此誤觸私處。長袍質料頗粗，以增互觸時之鈍感。

熱力一律採用電力，電爐有定時裝置。黃昏後由運輸纜送來早餐用麵包及當日午晚二餐用已熟魚、肉、青菜，而牛奶、羹、湯、白飯則自調理，奶粉、麵粉、米及一切佐料公家供給。垃圾分類，於當日晚飯後（卽日出前）由輸送纜輸出。

家家有音響一臺，兼能鳴時。家具則全用木造，皆是白材無髹漆，甚至多有爲明眼人用舊顏色剝落而形質無損的舊貨。自動販賣機出售之零食、飲料及香袋、小玩品等等，無論內容、包裝、外表全是天然色，且全無彩色圖樣。執政者初回巡視，看到這些在用眼的形色世界爲雜亂無章、不三不四的房屋、用品、食品時，不覺大怒，責備主司者虐待盲人。但主司者請執政者閉了眼睛再評價看，執政者不覺爲之莞爾一笑，說他倒忘了，執政者因此將盲人島所見所聞做了一篇文章，向有眼國民傳達了一番甚深哲理，期望明眼人能多閉一下眼睛，自有另一番人生。這篇文章非常精彩，由無光世界的價值大翻轉，來檢覆有光世界的價值觀與人生態度，通篇是警語。他特地提出「色害」這一項目來詳細加以討論：如兒童的玩具與糖果，在有光世界，爲了滿足眼睛，玩具著色，漆料中摻有鉛，容易引起兒童鉛中毒；糖果著色，往往爲有毒色素；而魚販販賣魚蝦，往往用硼酸僞造鮮亮度，甚至西瓜農在西瓜中注入有害紅色素，菜農在葱根菜根根土施用有害綠色素。種種因目害腹的事，在無光世界中是不用躭心會發生的。至於因「秀色可餐」而引起的禍水，在無光世界也是不會有的事。他還談到女人的化粧用品，及驚人的服裝飾物等天文數字的浮奢，及其對罪惡的刺激與鼓勵，在無光的世界簡直是天方夜譚。他的警句有「在無光世界中，鑽石與礫石等價」，確是一針見血，離開了目，鑽石與礫石各只有材料價値。他說，在有光世界，這並不是做不到的，其實是放縱眼睛放縱得太過火了。凡事皆有個節制，食色要節制，耳目也要節制。

島上無醫院，因絕對隔離且地處熱帶又無蚊蠅而又無老幼人口，尋常疾病幾乎絕跡；眞有病非就醫不可，則扶持至碼頭轉赴外島。

居民凡不識點書者，一律接受點書基本教育。成童以下則受正規的點書各科國民教育。上課時間在上午，所謂上午亦卽是前半夜。自校長至於教員，全由盲人擔任。島上不許有明眼人，其有入侵者，一律處死。在盲人島外小島上烹飪食物，收發加工原料及成品，以至處理垃圾轉運工作人員，自不得越雷池一步。惟每星期日上午（卽上半夜），執政者派有專員巡視，方有明眼人數人出入補貨。

居民一出門，腳頸便繫腳環鈴鐺，男金女玉，各區殊聲，音皆清脆可喜；旨在防止互撞（本島無人用拐杖），先聲傳達，又可分別男女區域；居民在家中坐，聞非本區鈴鐺，更知有別區訪客來也。如此鈴鐺，作用甚妙，學童上下課，或假日集會，遊樂、聽劇、大會集，玎玎瑲瑲，熱鬧非凡，其熙來攘往，彷彿有眼世界。出門繫鈴鐺爲島上最嚴格規定，其有違者，或男繫玉，女繫金者，以作奸犯科論；島人作奸犯科，無論犯行大小，一律處死。島人行爲之不協，僅容許到吵架爲上限；卽使是吵架，亦不得有不堪入耳之語，犯者卽日放回原籍。

居民星期日上午（亦卽上半夜），除學童而外，全數集會劇場，聆聽長老講道，內容偏重分析人與人相處之道，及所謂下學上達如何提升個人生命境界一方面的問題；或本週之內，某人意念有困於心衡於慮，乃至與人吵架情況，亦可提出，長老則以此爲題目詳加分析講解，供眾人參考。本島之一大特色，在於無宗教。執政者教示，你不是禽不是獸不是蟲不是豸不是草不是木不是金不是石，你是人，得好好做人來，莫要做了禽獸蟲豸草木金石，你現在以人食息，便好好做你這一生的人，莫問它什麼前世共來生。

音樂爲本島最普及最熱烈的活動，聲樂最出色，器樂次之，居然也有交響樂團，皆聘請已失明音樂家常駐教授，樂譜爲凸譜，兼採口授方式。劇場除演詼諧劇、悲喜劇外，餘全開音樂演奏會，常例每星期日下午（卽下半夜）演出。協奏曲與交響曲之演出最爲令人震驚，執政者曾臨場聽過，在漆黑中各部樂聲此起彼落，眞不可思議。各部樂器座位踏腳處設有三動目，與指揮桌三動目相連，分輕、中、重。演奏效果雖不甚了了，卻是全島盲人希望之所寄，寄望有朝一日，出外巡迴演奏，震驚世界，以證明盲人仍是大有用之人。而執政者之寄望尤爲殷切。凡致力一藝者，可免串珠，公家供給一些零用鎳幣。習樂者爲最多數，其中吉他演技早有優秀國手。如機率佳，或許出個數學天才，理論科學天才亦未可知，盲人島潛力正無限，而大作曲家、大演奏家產生之可能性更是無人敢於斷然否定者，盲人心思精力之集中，是不爭的事實。

運動場有籃球場、羽毛球場、桌球場及緩跑環道，周邊設有軟索密目網，場頂罩有一般密目網，球飛有聲，入籃則電鈴作響，與賽者戴手鈴鐺，例在週日下午（卽下半夜）舉行，觀者如堵，以明眼人觀之，乃是在漆黑中賽球，神乎其技。另有盲人自己發明的十數種競技或遊戲。獨不設游泳池，乏明眼人照料，實在難防意外。

圖書館亦爲島人所愛，歷年來收藏點書已頗爲豐富，大抵以常識書爲主；文學亦多，世界小說，迭更司全集一本不漏，而杜思妥耶夫斯基則僅有《窮人》一書入選。執政者認爲問題小說雖亦部分有價值，究非文學，而杜思妥耶夫斯基小說，除《窮人》外，皆是二十世紀暴力犯罪之前導，非惟無價值，且有反價值，此種作品直是作者邪惡性格的外射，不足取。至於卡繆、沙特等存在主義小說，一概被摒拒，執政者認爲卡繆的《異鄉人》是杜思妥耶夫斯基的盡頭，此等小說之產生，乃二十世紀人類之大不幸。執政官極盼培養出傑出的盲人作家。

島上男子年滿二十，女子年滿十八，則可申請結婚，由長老爲之牽合男女兩方申請者，對坐交談，聲音語氣相悅，凡交談數次則可定局。其一方申請人數多於另一方者，則多出人數，其後申請者列爲候補。平日未成家男女不得往來相聞問，集會場、劇場座位皆有區隔。執政者認爲食有儀有時，性亦然，他認爲現代所謂文明社會，在性方面野獸且不如，故立法甚嚴。有野合者，發覺則卽日逐出。

島人年滿五十者，例皆自請出；但其健康絕佳不爲群體累贅者，常被挽留。或雖不滿五十，而健康已崩潰者，亦皆自請出，則依全國盲人優卹法，在本籍給付基本生活費以度其餘年。

盲人島景況，聽來有似烏托邦，令人無限神往。我想明眼人卽使不肯爲自己建造烏托邦，特地給盲眼人建造一個，倒是可以給自己立一面鏡子，時時提醒，以免明眼世界的持續沈淪。

——一九九二、一二、二十九

聲音

梭羅在他的《湖濱散記》裏闢有專章來寫聲音，雖然讀過許多遍了，到底他描寫了些什麼聲音，現在全都記不得了。我在田園裏生活著，除了光，顯然便是聲，聲光構成了這麼一個田園世界，聲卻是佔了一半，實在也應闢專文來寫一寫。

聲音有的是極可愛的，也有極可怖的，有些聲音令人難以忍受，一般叫它噪音。我這裏原本是沒有噪音的，但隨著現代文明的侵入，愈來愈多了噪音，這些噪音一色都是機器發出來的聲音。這裏每天工作時間內，有上千輛的大卡車搬運砂石，糖廠收割甘蔗的時候，運蔗車、起蔗機、怪手等等，整天喧嚣嘈雜。砂石車只限於白天活動，起蔗機則逐日運作到將近半夜，馬力大，巨型鋼臂發出來的摩擦碰撞聲也大，距離我的住處兩百公尺不足，中間僅隔蔗田、果園，沒遮攔。就一般狀況而言，這樣的嘈雜聲會令人發瘋，但在我聽來卻另有一番慰藉；覺察到自白天連入黑夜，且已達深夜，而仍有人辛勤的在工作，不由的教人感激，萌生敬意，想到此時大都會的夜生活者，正整裝出發，投入金迷紙醉的大消費浪潮，整個大城市正落入消費的罪惡中，而這裏卻還有這樣辛勤的人在從事生產，這些夜間工作者，他們發出來的聲音難道可以一般噪音視之嗎？在我，眞正的噪音是那些享樂聲，這些享樂聲纔是眞正讓人無法忍受的噪音，至於工作中發出來的聲音，不論白天或黑夜，都還是可以忍受的。

概括而言，起碼在我的生活範圍內，聲音都是可愛的，正如這田園裏的光之無一不可愛一般。這聲光構成的世界，其實也應該非可愛不可，老天刻意創造的東西，難道可能不可愛嗎？一早醒來，睜開了眼睛，不，應該說是打開了耳門，便傳進來各種鳥的報曉聲；若是醒得早些，便聽見疏落的蟲鳴。天大亮之後，漸漸的人聲車聲便多了，正如前面說過的，這些都是做活的聲音，健康的聲音，建設的聲音，即使有些微嘈雜，卻是親切的。但對這些可敬的聲音習以爲常了之後，白天裏聽見的聲音依然只是鳥聲蟲聲和貓聲狗聲，一種悠悠然的聲音。入晚之後，光的世界老去了，正是聲音的世界獨昌的時候，此時世界是聲音的世界。

齊克果說過：「光達不到的地方，聲音可達到。」認眞而言，聲音無所不在。而且就大自然界而言，聲音是靜的點綴，聲音是靜的裝飾，聲音是美的。即使是崇朝的颶風，或終日的颱風，那粗厲的風聲，一陣催過一陣，聽來也極端的痛快。我在《父女對話》〈西北雨〉

一篇中描寫過那打通人們任督二脈連擊一個半小時的霹靂，是痛快淋漓的偉大聲音。聲音之美，大似一整座植物界，有似乎矗立危岩而臨萬仞的巨章，颶颱霹靂即松柏杉是也；那遍地的蟲鳴即遍野的草花是也，而且它們是盛開在黑夜裏，你則用耳在漆黑中看見了它們，形形色色，千態萬狀；那深林裏豎琴鳥的一節流音即空谷幽蘭是也；那庭邊屋角的家鳥聲，即各式各樣的家花是也；那貼地而過的微風聲，即綠至於欲滴的一地苔蘚是也；那高空飛過的雁鳴鴴音，即高山橫翠是也。

比照光的世界，有光爲晝，無光爲夜而言，田園裏，聲的世界是少有晝的，至多只有旦暮，多數時間則有如繁星點點的半夜，要有晝的話，那只有颱風來襲的時候，那時倒是有一、兩個不暝的相連盛晝。

用光的明暗來比況，田園裏聲的世界，幾乎是一色朦朧，有時候且幾乎是全黑，永遠如此。但田園裏聲的世界的旦暮卻是分明的。每當光的世界鋪開了曙色，升起了旭日，此時聲的世界也破曉了，也展開了它的早晨，你或者五更春夢懶起，或者已逍遙在晨風晨光中，那早起的鳥音，便一閃一閃地照入你的雙耳，五光十彩，明明滅滅，在漆黑的聲的世界中，從看不見的樹枝間、草叢裏、屋頂上（這些不會出聲的物體在聲的世界裏是看不見的）迸射出來。你且閉起眼睛想像這一幅活的圖畫，在光的世界裏要構成這樣的景色，得費多少人力財力啊！太美了，聲的早晨！

在漆黑的聲的世界中，光的世界還未破曉的四月凌晨，纔四點十五分，下弦月的明光讓一覺醒來睡眼惺忪的草鶺鴒誤以為天曉了，便ㄐㄧ ㄌㄧㄥ ㄐㄧ ㄌㄧㄥ，從近處的蔗田中迸射出一幅幽藍帶著幾許淺橘暈的聲之光，曲折地穿過窗口轉到你的枕畔，這是我聽見過的最早晨歌，今年兒童節凌晨。

鳥的晨唱（報曉）時間，通常是隨著季節進退的，原先以為有個絕對光度叫醒了牠們，但我的日記卻顯示了另一個有趣的現象。我們家有個常客，一年裏在這裏待八個月，牠是一隻伯勞，小女兒叫牠 Long-tail，且以 Long-tail 的作息為例，來看看田園裏聲音世界的旦暮。Long-tail 九月初來到，二十三日秋分，翌日太陽進入南半球，此後 Long-tail 早晚皆以約略固定的時間報曉（出宿鳴）報晚（入宿鳴），而後隨著太陽的更南移，報曉愈來愈晚，報晚愈來愈早，例如去年秋分過後一週內，平均以五點正報曉，以六點二分報晚，直至太陽到達南迴歸線，亦即到達最南，即冬至前後，平均以六點十六分報曉，以五點三十五分報晚，其間報曉差距達一小時又十六分，報晚差距達二十七分。但一個有趣的現象是，秋分後一週，春分前一週，太陽的位置是相同的，論光度（陰晴差異排除不計）當然也是相同的，可是今年三月二十一日春分前一週平均以五點四十八分報曉，以六點十六分報晚，報曉差距達四十八分鐘，報晚差距達十四分鐘，春分前的報曉報晚都較遲，道理大概出在秋分後暑氣仍盛，春分前寒氣未艾，因此春分前晏起，而找蟲吃的時間自亦不得不稍稍延後。

躺在床上聽鳥報曉是一種無與倫比的享受，尤其是隆冬一例懶起，聽得心花怒放。冬季是 Long-tail 單獨報曉的一季，沒有別的鳥參與，那雄壯的報曉聲劃破拂曉的祁寒，爆向上下四方，眞眞教人喝采，語云：「松柏後凋於歲寒。」就報曉聲而言，Long-tail 是這一帶僅有的一株松柏，牠單獨每早爲此地慇懃敲響晨鐘，彷彿這是牠的職守，不曾有過一朝闕職。我在《田園之秋》裏說牠報曉未必盡行，那是不正確的，那莿刺竹離我的平屋稍遠，牠不向平屋飛來，是可能聽不見的。而這近二十年來，刺竹被砍除了，Long-tail 一直以平屋邊的老檨爲牠的棲息所，早晚出入宿必鳴。

大約是舊曆年前後，也正是新曆二月初這時候，每當 Long-tail 的報曉聲劃破空氣的凝凍之後，報春便慇懃地唱起報春的晨歌，Long-tail 不再孤獨，牠極可能感到十分的安慰。但今年是沒有報春的第一年，對我來說，起碼在我的感受上，我初次感受到卡遜女士《寂靜的春天》的信息，覺得很可怕，要不是三月一日上午八點二十分，報春特地來庭邊唱了三聲，我也許會在精神上感到窒息。只這三聲，這是今年僅有的春歌。希望明年能夠恢復舊觀，但極可能屆時連僅僅的三聲都沒有了。

到了二月底，阿蘇兒便一似自冬眠中甦醒了一般，早晚漸漸的有了歌聲，只是不怎樣熱烈。阿蘇兒是一隻白頭翁的名字，小女兒起的，這裏用來當一切白頭翁的代名。一整個冬天，阿蘇兒跡近絕踪，有一時惹得我起疑心，以爲牠們下南洋避冬去了；可是今天忽念起牠，明兒牠可就在你頭頂上唱一聲，叫你明白牠們是在家的。阿蘇兒隨著春意的穠郁，逐日活躍起來，到了春分以後，阿蘇兒的曉唱達到鼎盛。今年三月二十一日，我的日記上記載著：「Long-tail五點三十九分報曉，阿蘇兒與同時。」自此Long-tail不止報曉有了競手，因爲覓食場跟阿蘇兒的築巢地、育轂場重疊，整日都在競爭。二十六日：「Long-tail五點三十八、九分之交報曉，阿蘇兒早十分鐘前已唱晨歌。」阿蘇兒正傾全力在繁殖，Long-tail顯然不敵。三十日：「破曉五點三十一、二分之交，阿蘇兒先唱，Long-tail約遲五秒鐘報曉。」可見競爭之劇烈。四月一日：「凌晨三點半小雨，轉疏雨達旦，Long-tail五點四十一分報曉，數分鐘後阿蘇兒晨唱。」但四月三日：「五點四分草鶺鴒報曉，二十八分阿蘇兒報曉，三十分Long-tail報曉。」竟出現了新競賽者，草鶺鴒顯然也已進入繁殖盛期。次日，前文已提過：「草鶺鴒四點十五分報曉，自後每二分鐘一報，早得太離譜了，時月明。」六日：「五點十分草鶺鴒報曉，只一報；二十六分阿蘇兒報曉；三十分Long-tail報曉。」

自二月底，青苔鳥（綠繡眼）也加入了曉唱。這青苔鳥的習性有點兒怪，你聽不見阿蘇兒的歌聲時，也聽不見牠，一旦阿蘇兒開唱，牠便也開唱，大約牠總落後阿蘇兒半分鐘至三分鐘，很少機會早過阿蘇兒。長眉（小彎嘴畫眉），今年二月底也加入了曉唱，總是遲了十數分鐘——牠是自別處趕來的。

春中拂曉的田園，聲音的世界熱鬧非凡，在朦朧曙色甫啓時，透過聲光的轉換，你的耳裏一時照入一片多彩的光閃，熠熠如繁星，如曳尾的流星。

春天的白晝，鳥聲是不斷的，每秒鐘內都有，但幾乎全是麻雀的吱喳聲。春天也是候鳥北返的季節。今年春分，即三月二十一日，一早七點許，大剖葦（大葦鶯）便在屋邊大聒噪；牠這一聒噪便是一整日。次日一早六點半又來了，又是一整日。二十三日，六點四十三分。二十四日，六點四十五分。二十五日，六點四十分。二十六日，七點三分（昨日噴了藥，牠略受了藥毒晏起了）。二十七日，六點二十六分。二十八日，六點三十五分前（一早我出去，三十五分回來聽見牠）。其後緘默了，牠北返了。三十日，八點十五分，第二隻大剖葦路過。下一日未聞，這第二隻未停留便北返了。四月十七日，八點十八分，是第三隻，下一日又未聞，也是路過不停留。

三月下旬燕鴴開始北返。一次一隻數隻不等，很少超過六隻。四月，燕鴴過得最頻。

四月十九日，黃昏直前，五點二十五分，蟬始鳴，當然是草蟬。此後蟬漸盛，多是暮蟬，也有早蟬、午蟬，仍以暮蟬爲最盛；後來加入的大切蟬喜歡早、午唱，波浪蟬則一定在黃昏唱。波浪蟬最美，鳴聲如波浪，聲峯聲谷遞嬗，聽來大似唱著「吱，吱，果汁機」。此蟬甚可愛，每暮初鳴，發動老半天還不成聲，一旦成聲，可是痛快淋漓，音量大，音質之美，不可言喻。牠還有一個可愛處，牠一鳴一換枝，或由遠而近，或由近而遠。但牠總喜愛我的新屋，新屋包裹在樹林中，每個窗戶都對著一棵樹，枝葉抵窗。牠初唱時暮色大率已深，正值我晚炊尾或吃飯初之時。一向不曾見過牠的眞面目，前天晚飯時（六點四十三分），見牠在南窗邊樹幹上鳴，約五臺尺距離，牠一唱一挪移，十唱之後，挪移到樹幹的另一面去，不見了，也不鳴了。波浪蟬固定在一棵樹上唱上十回，很稀有，我的記錄上這是第一回（六月十五日）。

蟬鳴經五月、六月、七月，入八月最爲鼎盛，九月初驟弱而滅。到八月下旬，土蜢聲已臻巔峯，這一段期間，每日黃昏時，樹上蟬聲盈滿，樹下土蜢聲盈滿，上下交鳴，任何他聲全不可入，兩臺尺內，人語對話全聽不見，用光來比況，這是一年中聲音世界最爲輝煌燦爛的時段。

土蜢自七月試鳴，入八月漸盛，八月下旬、九月全月鼎盛，自黃昏鳴到近十點，十月初驟弱而滅。

蟬和土蜢像季節的大花季，洋溢著招展著一個季節的美；蟬有似全夏季雜花的總和，土蜢則有似開遍臺灣一切溪原的菅花，盛開於八、九月。

十月以後此地的聲音世界進入肅殺的冬季，即使雨聲，在南臺灣也稀有了。五、六月的梅雨，不驟不徐，頗可聽。六、七、八月的驟雨（西北雨），沛然馳驟，少可品味。九月、十月的前半，多有勯雨（勯唸善）。勯雨是臺語，意謂有氣無力的雨，冬、春的雨幾乎全是此雨，最饒聲趣，聽來滴答如泉。今年無梅雨，南北亢旱，南部尤甚，此時搦管細寫雨聲，窗外落著久旱來的第一次甘霖，正是所謂的勯雨，擡眼望去不見雨，而耳裏卻是滴答如泉，自午後落著，或許會直下到入晚。

漂鳥是此地額外的聲音，而稀有的過境鳴禽更是。所謂漂鳥，就是由高山向下遷移過冬的鳥，不是外地來的候鳥。此地冬季曾經有冠羽畫眉、五色鳥來過，都是愛唱歌的鳥。前年八月二十四日，徐仁修先生來訪，正值一隻野鴿過境，唱個不停，徐先生去後，中午時分竟來到新屋簷前高歌，新屋共鳴效果奇佳，聽來有似對耳而唱。藍鷂照例望秋先漂，但有時又似乎爲趁初夏漂來，在新屋四周「輝輝」地鳴。烏鴉的嗓門雖不佳，卻也不定時由山上漂下來。

平時入晚後此地的聲音世界又是另一番樣相。

蟲聲是白天就有的，但一入晚，草叢下遍地是，白天是獨唱，夜晚是合唱，各有千秋。最可人者，還是夏秋二季，禾本科的草得雨怒長，站在樹林中高可及膝的馬唐草海中，一邊靜觀二、三百隻螢火蟲提燈緩緩穿梭樹林間，一邊細聽草叢下遍地蟲聲競唱，你以爲這景物是天上？是人間？

深夜上了床後，衆鳴者業已盡興，獨有一隻鈴蟲在近屋邊彈唱，聽著聽著不覺睡去；感謝天惠！有時在二、三點時一覺醒來，這位歌手還未歇唱，眞不知道怎樣來表達此時的感受與感激。

夜間的聲音顯著，這是事實，光撤離之後，這裏是聲的世界。

入夜後，聽見屋外有沙沙聲，由屋側延續至屋後，本能地人會起警覺心，是城市人的話，或許還會發一陣毛，那是狗走過枯葉地，而後你便聽見刨土聲，飛土彈著屋壁啪啪地掉落，顯然牠不是小解便是大解了。

窗外，除非有明月，在屋內燈光的對襯下，總是顯得黑漆漆的。忽簷下一陣吱吱的響聲，那是錢鼠，此地可愛的夜驚──小女兒這樣說，黑暗中錢鼠響亮的金屬鳴聲，最有閃光的效果。

有時候正聚精會神研讀著一段文字，忽聽見屋外一聲ㄐㄧㄨˊ的慘叫，啊，那準是蛇，一隻蛙遭殃了。伸手不見五指的樹林中，又是蛇，出去嗎？多半時候，我總會持手電筒趕出去，卻總是撲個空；要是時間太晚了，我已上了床，只好隨它去，此時那ㄐㄧㄨˊㄐㄧㄨˊ的慘叫聲便會持續好一陣子。

新屋鋼筋水泥屋頂，夜裏往往會發出半個雷般的巨響。有一位客人爲此跑到舊屋找我，說她不敢一個人睡那一大間屋子了。對我來說，屋子是有生命的，它該有跟屋裏的人說話的衝動，聽它說話是件額外的快樂事，只是它說話的方式有些不尋常罷了。

有一夜，大概兩點過後，我忽醒了過來，似乎是有一陣沈重的腳步聲震醒了我，爲人父天性是十二萬分警覺的，卽使在最深的睡夢中，在一萬尺的深底，也會卽刻浮出，我卽時跳起，趕到小女兒的大房間裏，小女兒居然醒著。「爸爸，窗口有很大的喘氣聲。」小女兒輕聲地說，指著她床頭的北窗。剛從黑暗中醒轉，卽使是人類也有夜光眼（我們家夜裏是不開燈的），探頭看出去，沒看見什麼。「大概是大狗罷！」老父說。

上三段文字，大都會裏的讀者讀了也許會發毛，可是我這個田園裏的老居民寫來內心裏卻是充滿了美感，這就是田園，這纔是田園！

鳥聲並不專屬白天，夜裏也可聽見多種鳥鳴。白天裏的鳴禽侵入深夜的，據我所知有兩種：其一是斑鳩，近半夜十一點許仍可聽見牠夢囈中輕啼（牠晨唱也極早）；其一是夢卿

（番鵑），上個月，卽五月二十三日，半夜十二點差一刻猶鳴，這是白天的鳥侵入深夜的最深記錄（寫到這裏，忽記起鵂鶹也是侵入深夜能啼的鳥）。半個月前的前後那一段時日，夢卿每早都跟長眉同來，幾乎全日棲遲在此處。

道地的夜鳴鳥有幾種，有一種我疑牠是青苔鳥，初晚便自遠處且飛且鳴，漸鳴漸近，來到新屋屋頂上，對直撒下牠帶著孤獨而又悽怨的鳴聲，而後又漸鳴漸遠，折返來處。半夜過後，又常例的來，破曉前又來，一夜凡來三次，激起我心中一個深而活的想像，我想像牠卽使不是青苔鳥，體型也不會大，凌空飛來，牠的背羽必定是淺橘色的，腹羽是一般的白色，牠每夜銜著我的新屋而來，是爲了什麼呢？難道只爲了要印給這田園裏不寫詩的老詩人一個鮮活的印象，讓他每次醒著時不感到孤獨？畢竟牠是他夜裏最爲知心的一個精靈。

蚊母鳥，又名夜鷹，不是夜裏是聽不見牠的聲音的。我在《田園之秋》裏爲牠落的墨可謂不少。

孤鷺和夜鷺，是夜裏的單音歌者，在空曠的夜空中，播散著高而邃的單音，隨著牠鳴聲的遠去，教人心神爲之遠引。

再是你讀書、思索到了深夜，萬籟俱寂，此時你卻聽見了時間的腳步聲。

日光只有七彩，但彩色則不止七種，有繪畫素養的人，輕易可辨析出三百多種顏色。聲音到底有多少種呢？卽，人耳以爲可悅的聲音到底有多少呢？當然不會在三百種以下。因此音樂家才能用聲音創作音樂，使聲音成爲一種藝術作品，而達於出神入化之境。在這方面，畫家是光的世界的藝術家，他們使用顏色的意匠，照樣達到出神入化之境。聲光兩個世界，畢竟同是無窮無盡的、不可量數的豐富世界，同是取之不盡，用之不竭。

一個懶人懶於開眼，可以不見光的世界，卻閉不了耳朵，聲音總是曲曲折折地尋來，聲音畢竟是更親近的。就一般人而言，取於光的世界固然不少，取於聲的世界則更多。不是嗎？你待在家裏，聽見了四周圍的聲音，卻看不見四壁外的光景。黑夜裏聲音依舊在，聲音至少多出光色一倍的日子。你一生有七十年的歲月，聲音確卽如是，而在光中則僅有三十五年，你在光中僅有一半的人生罷了。人們閉著眼睛休息，卻開著耳門欣賞輕柔的音樂，聲音確是更親近多了。溫柔的愛，固然有溫柔的目光，溫柔的聲音卻佔了更多。那輕聲軟語啊，是怎樣的令人銷魂！失去了光的世界固然悲慘，失去了聲的世界便幾乎全然失去了柔情。感情可以說完全寄托在聲音的世界裏，因此聲音的世界可以說卽是感情的世界。誰能離開聲音而仍得以擁有或得以受授豐富的感情呢？聲音，本質上是挾帶著感情的，質直地說，聲音就是感情，卽使發自大自然的聲音也莫不皆然。那裏泛漾著聲音，那裏便是泛漾著感情。我們生活在聲音裏，卽是生活在感情裏。我生活在田園的聲音裏，便也卽是生活在田園的感情裏；這些聲音是出自造物之手的，因此我是生活在造物的感情裏。

——一九九一、六、一一九

人與人性

這一大把年紀，最令我憂心痛心的事，無如人不把自己當人看待，也就是說一個人不曉得自己是人。

古希臘的神諭要人「認識自己」，蘇格拉底以「最認識自己」得到神的讚美。要認清自己是人，倒也不是件簡單容易的事。要認清自己是人，必須要知道什麼是人性。

因爲《孟子》書中引了告子一句話：「食、色，性也。」人們遂認爲「食色」就是人性。這是莫大的錯誤。我因爲持道德論調，曾經受到嚴重攻擊，斷言我寫不出人性作品。固然沒有人性便不是人，一如沒有狗性便不是狗，但什麼是人性呢？顯然「食、色，性也」這句話套在狗的身上也是完全適合的，那麼這麼說來狗也是人囉，這未免太荒謬了！既然不知道什麼是人性，又怎麼能夠知道自己是不是人呢？怪不得人人都誤把自己當別的生物看待，而尤其誤把人當魔鬼看待，人人都扮起魔鬼的角色來。

若把生物的演化創造比做房屋結構的演化創造，則低等生物可比做平屋，人類則是座巍峩的層樓。宇宙的演化創造非我們所目睹，且假定是由無而有，單自有說起，人在有這一範疇中，則因演化創造而累積有幾重的性。人做爲一個物體，跟一塊石頭無異，有著物性；所謂物性也者，簡單地說，就是有不可入性；所謂不可入性，就是有體積佔據某一空間，別的物體擠不入人的身體所佔的空間，而這個不可入性之所以成立，卽因人體是由某種實質所構成，這個實質，我們稱爲物質，因爲是物質，所以有質量，簡單地說，卽有體積有體重——起碼在地球、月球等星球上則有體重。這個物性是物之性，人類也有，卻不是人性。若以此爲人性，則石頭也是人了。這個物性便成爲人這個存在者的基層建築。其第二層建築是生物性，因爲人是生物。所謂生物性，亦卽生命現象性，一般包括新陳代謝作用、出生、生長、生殖、衰老、死亡——但單細胞生物沒有衰老和死亡。因爲人是生物，因而也有生物性，但此性通於一切生物，也不能算是人性，否則一切生物都可稱爲人。人的第三層建築是動物性，因爲人是生物中的動物。動物性是生物的能動營生性，此性之作用在於趨利避害，便於生物之生存，是造物者植物創造之後的另一新發明。這個動物性通於一切動物，非獨人所有，因此也不能算是人性，若算是人性，則一切動物都該叫做人。至此，卽到這第三層，還未曾見到所謂的人性。人性是人的第四結構，這個結構是一般動物以下所無的，不獨無生物沒有此性，即一般生物、一般動物也沒有此性，此性是人類所專有，因此叫它人性。人性並不包括物性、生物性、動物性。從人的全體結構中除去物性、生物性、動物性，剩下來的便是人性。

那麼什麼是人性呢？顯然「食、色，性也」的性是動物性，不是人性；而生、老、病、死之性乃是生物性，也不是人性；至於塊然一物的時空性，乃是物性，更不是人性。除去以上三性之後，人性看來好似是一個純形而上的存在，是不具體的，的確是如此。

性是存在程式，在動物則爲行爲程式。我們檢查人與一般動物之差異，最爲直接顯著之處則爲一般動物有感性，即能感覺，卻無悟性和理性，即沒有領悟和推理的能力。但這三性都是工具，是純粹的工具，不是行爲程式，它們有似三把刀，是老天供人隨身攜帶應用的，只是工具而已，不是能發動行爲的程式，要能發動行爲的程式纔是性。

做爲一個物體，有物性，佔有空間。人當然是物體，因此有體積與體重，這個體積與體重便產生了許多問題；搭公車爭座位，就是因爲有體積和體重，不爭座位，會搖幌，站不穩，地心引力引你向下，再加上生物性、動物性，站著搖幌不穩，肌肉會疲勞，關節會痠痛，於是搭公車爭座位便成了公式。這乃是下三性的混合，還未達到第四層的人性，在公車上看到讓座位，這時纔看見人性。依此類推，「食、色，性也」，食、色之爭乃是生物性與動物性的混合，跟人性全不相干。「不食嗟來之食」，食物當前，寧願餓死；「趙抃不得無禮」，美色當前，坐懷不亂；這時便看到人性了。人性的消極面乃在於否決下三性，人性的積極面則景觀富麗堂皇，美不勝收。

一把刀可以用來切菜切肉，供你做佳餚；可以用來削竹刻木，供你做家具；也可以用來殺人越貨。悟性和理性爲人所專有，有如兩把利刀，其屈就下三性，便生出一般動物界所沒有的許多問題。一般動物爭奪殘殺，僅僅在本能內行事，在老天的眼裏看來，也沒啥。但這種爭奪殘殺得了悟、理二性之助，譬如爲虎作倀，這裏宇宙間便發生了罪惡；一般動物界是沒有罪惡的。但悟、理二性是純工具，與人性無涉；若將饕餮、淫亂、爭奪、殘殺視爲人性中的事，那是絕對的錯誤；若因持道德論調，而被嚴重攻擊爲寫不出人性作品，則更是無稽。

一般動物在吃的方面，有對胃口的食物，果腹則已。當然若沒有對胃口的食物，只好餓死。盧梭在他的《論人類不平等的起源和基礎》一書裏有一段有趣的話，他說：「一隻鴿子會餓死在滿盛美味的肉食的大盆旁邊；一隻貓會餓死在水果或穀物堆上，其實這兩種動物，如果想到去嘗試一下，並不是不能以牠們所不喜歡的食物爲生的。」一般動物食譜的狹隘，不難明白乃是老天的設計，用以減少動物界的紛亂與爭奪，而主要的還是在於徹底規定維持各系的生態平衡。但動物的胃口是會學乖的，一隻狗飼以粗食，吃得津津有味，若改飼以美食而後再換回粗食，牠便不肯再吃粗食了，這是胃口的經驗升級，這種胃口的經驗升級對該隻狗而言，當初是好事，後來就不是好事了。不過這隻狗終究是狗，若他的主人不甩牠，牠也只得再度心甘情願地吃粗食。然而在人這方面情形可就不一樣了。人因有悟、理二性這兩把刀，他會想方法繼續維持其美食，這裏便可能產生罪惡了，但這跟人性無關涉。

再就色而言，一般雌性動物的發情是有時節的，因之雄性動物的發情也受到限制，故一般動物不可能有淫蕩和強暴。但現人類在這方面則頗爲曖昧，我們不曉得原始人類是何狀況，或可能與文明人大異其趣。而且人類是惟一有處女膜和月信的動物，老天在這裏似乎做的是另一種設計。就人類的生殖器官之精緻及月信而論，無疑的老天把人造就成一種色獸，用生殖器官之精緻來達成快感（龜頭的設計除了增加快感之外還有清除不潔的功用），而用月信來定期沖洗陰道。人類在色方面的獨特動物性，使人類得以繁衍獨昌，然而也埋下了群體間的無窮禍害。

正當的食色，是健康的；反之，不正當的食色，是病態的。養成吃消夜的人，不吃消夜則無法入眠，到時候胃便會分泌出胃酸來啃蝕胃壁，灼熱難受，當然不能入眠。吃消夜乃是食的惡習，最好是不要養成這個惡習。其實任何惡習都不該養成，這跟吃鴉片、打速賜康、吸食安非他命是一樣的，一旦染上了癮，便愈陷愈深，終身沈淪不起。在色方面，不論男人女人，最可怕者莫過於不停地獵新，不論男女，一旦養成了這個惡習，便不可能結婚安定下來，這樣的人，一個固定的對象無法滿足，十天內不換新，情緒便不能穩定，便會怨恨起固定對象，最後是結婚者離婚，同居者拆夥。而受害者則是其子女，尤其女的，子女成年後，大抵將因有如此生母，而擡不起頭來──起碼在中國社會是如此。

這惡食惡色，當然不關涉人性。

人性是極其乾淨的，高蹈的。舉凡使人陷於罪惡或醜陋的，都非出於人性。物性、生物性、動物性，這三性中的任一性，都可以使人陷入，因爲一如上述，人有悟、理二性，這三性都必然會驅使人的悟、理二性做它的腳力。用算式列出：

物性＋悟、理二性＝小魔

生物性＋悟、理二性＝中魔

動物性＋悟、理二性＝大魔

物性＋生物性＋動物性＋悟、理二性＝魔王

人世到處是魔，幾乎人人都是魔王。人有不變成魔者，端在有人性爲之制衡，爲之提升。那麼人性是什麼？

單純的物性無罪惡。因有體積，須佔有三尺寬六尺長的床位，爲此而排擠他人，這不是罪過罪惡，這是本分。因有體重，坐車須佔有一把椅子，爲此而排擠他人，這不是罪過罪惡，這是本分。一般動物在物性上只做到此，但人則未必只做到此，因爲人有智力，知道進一步霸佔的好處。一個人若擴大了本分而成爲非分越分，只要對他人無害，自不涉及罪惡。但如因而有害他人，便涉及罪惡。一個人性發達的人，往往不止會守住本分的界限，不越雷池一步，而且還會從本分的界限倒退。這裏人性的發用，表現爲「不忍」二字。「不忍」是天賦的行爲程式，亦卽是性，一般動物無此，惟人有之，故它是人性的一個內容。

趨利避害是動物性，一般動物，所謂利卽便於生存便於繁殖，害則反是，害之大莫過於死。動物莫不避死，人亦然。但志士仁人，至有「義」不肯求生者，這是反動物性、反生物性，求之生物、動物無有，惟人有之，故它是人性。因此「義」是人性的一個內容。

羞恥心是人所獨有，求之一般動物無有；你何曾見過一般動物羞恥慚愧而臉紅而忸怩不安過？人，大可以給予如下的定義：人是知羞恥的動物。這羞恥心是發自人性，是人性的一個內容。

感謝心也是人所獨有，一般動物至多有本能的好感，不可能有感謝之情。感謝心是發自人性，是人性的一個內容。

凡求之物性、生物性、動物性而不可得者，當出於另一個性，此性當然是人性。由物性、生物性、動物性驅使智力（悟、理二性），設定的立場是求利避害，以利爲是，以害爲非。由人性驅使智力，則不預設立場，而令智力作如如的判斷，於我有害，未必卽非，於我有利，未必卽是，其於我有害，是則是，其於我有利，非則非，而終究執是排非，乃至殺身以求是，這全然是反物性、反生物性、反動物性，這裏看出人性與下三性大異其趣。前文說，人性是形而上的，不具體的，的確是如此。由人性來驅使智力，是則是，非則非，做無預設的純粹判斷，這是非心也是發自人性的取決，也是人性的一個內容。

人性的內容富麗堂皇，不煩盡舉，舉凡人類文化文明之正面的建樹，莫不爲人性的表現。但人性的正面光輝，乃是絕對的，它不是善而爲善，不是美而爲美，跟罪惡與醜陋是不相對待的。一般行爲之爲罪惡，係以有害於人有害於物來界定。但人性的直接表現，則超越於利害之上，乃是自身尊嚴的表立。以色爲例，只要不用不正當的手段，出於兩廂情願，雖到處苟合，其行爲並不關涉罪惡；但在人性的要求上，則顯爲可鄙而醜陋。魯賓遜在荒島上可以爲所欲爲，可以作惡態醜態，無受害者，不礙阿誰耳目，雖不關涉罪惡，卻有損於人的尊嚴。君子不愧於屋漏（漏是隱蔽的意思，屋漏是室內人所看不見的最隱蔽角落，在古人建築上屬西北角），愧於屋漏便有損於人的尊嚴，有損於人的品位。可見建基於人性的群體倫理之究竟，不止超越利害，而且是超越善惡，其最高的原則是絕對的。這種人性的絕對境界，我們感到非常遺憾，很少有人能夠領會和企及，事實上要說人性，非到這個絕對境界，則不算是達到了人性的究竟，這是件非常遺憾而又無可如何的事實，畢竟山峯是少數登山者能到達的處所，不是凡人都可到之地。

人性在過往的世代，幾乎是人人皆能自明的。自福樓拜於一八五七年出版《包法利夫人》，經左拉的二十卷《盧貢・馬卡爾家族史》，到卡繆發表毋死莫名其妙地殺人的《異鄉人》，可看出自產業革命以來，西方世界物慾橫流，西方人已普遍不知人性，福樓拜、左拉、卡繆算是這一路的象徵代表，怪不得我嚴重受到寫不出人性作品的攻擊，他們誤把下三性當人性，眞正的人性早已不存在，這是十九世紀後半世紀以來，西方世界的景象。不幸的是，東方世界也早已被侵染。

除了物性、生物性、動物性、人性，一切生物都還有一個共同有的生命本體。這生命本體是頗爲曖昧的一個存在者，它是自我的核心。生命本體往往與肉體認同，而汩沒於物性、生物性、動物性的同一趨向中，因此人性往往爲生命本體所妨。好善之心人皆有之，愛美之心人皆有之，求眞之心人皆有之，但一涉及生命本體間的競爭，有時好善反致爲不善，愛美反致為不美，求眞反致為不眞，其所引生的罪惡，且不在徇動物性、生物性、物性之下。要認識人，人性之外的這個生命本體是不可遺漏的。

——一九九一、七、〜九

寫在小女兒《梭羅傳》譯文之前

梭羅的《湖濱散記》在臺灣頗有讀者，中譯本至少有三種：第一種是徐遲譯本，是最早的中譯，晨光出版公司《晨光世界文學叢書》，一九四九年初版。此譯本一九五二年香港人人出版社重印過。一九六四年今日世界社據此本改了第一頁一兩句，內頁幾處，又加以重印，譯者改名吳明實，但更改文句比原譯更差。一九六五年，文星書店將晨光原本影印收在《文星集刊》，標明譯者是徐遲，臺灣讀者這纔知悉譯者的眞實姓名。一九八二年，遠景的《世界文學全集》出了孟祥森的新譯本。一九八四年，志文的《新潮世界名著》又出了孔繁雲的新譯本。但坊間其他出版商據今日世界社的本子排印的不下十家。從以上的數據，可以推知《湖濱散記》的讀者，至少也有十萬人。一本高水準的文學書有如許讀者，在臺灣算得是頗暢銷的了。但是梭羅的傳記則差不多付之闕如，只有遠東圖書公司的《英美文學叢書》原文注釋本卷前的介紹較詳細，但仍不是完整的傳記。我想梭羅的讀者一定普遍感到遺憾。因此我讓小女兒據 James Playsted Wood 的 *A Hound, a Bay Horse and a Turtle Dove* 的階梯本，當做翻譯訓練教材譯成中文。小女兒一天譯一兩頁（小孩子總是沒有耐性，無法多譯，而且她把它當功課，份量自然是一定的），居然把階梯本譯完了，共得五萬二千許字。翻譯過程中，小女兒幾乎每譯完一天份，便要罵一聲「臭梭羅」出出氣，並且每次都要逼迫老爸說：「爸爸，承認啦！」「承認什麼？」「承認梭羅臭（臺音 àu）！」「好，梭羅臭！」如此她纔甘心。她譯竟全書後，在末行外的另一行，還附寫了五個字：「該死的梭羅！」算是擺脫了梭羅的糾纏了。

老父曾經刺探過小女兒：「譯文發表行不行？」「不行！」小女兒斬釘截鐵地回答。「爲什麼？」「人家是作業練習，不是翻譯家。」小女兒每次談起學問便趕緊聲明她不當什麼家，以免老父逼迫她。她對希臘羅馬神話研究頗深入，諸神英文名字及其行事如數家珍，還自製英文名字的希羅神譜，早在前年便已製成，去年又重新謄過，最近她要打入電腦 PE3 受了鯁，她需要六〇〇字寬的面，而 PE3 僅有二五六字寬；她改打入 EDITOR，起初遭遇直線須一小截一小截湊合的困難，我勸她暫時作罷，以免打壞那隻電腦老鼠；最近她發現直線拷貝法，老父問她打入未？她說有別的更好玩的。

由於深入希羅神話，小女兒遂被帶入西洋上古中古史，尤其是上古中古的文明史，且還旁及埃及和北歐神話及其文明史，這方面老父所知無多，能提供的資料極有限，她此時正受困於史料不足的境況中。

小女兒不曾入過學，也是機緣，正遇上老父做得主，老父嫌教科書汚穢。近日報載，一九八〇年代初，美國兒童在家自教的約有一萬五千名；一九九〇年代以來，估計有三十五萬名。家長不相信學校眞能教好他們的子女，尤其孩子在學校的安全性頗有問題。臺灣的學校除美國學校的二大不可信任之外，還把學校當政治工具。一個有高水準國民的國家，國家不會是在位者的統治工具，學校更不會是。我們今日不止要還政於民，更要還學校於民。

小女兒在家由乃父權充百科教師，的確有諸多不便。以音樂一科爲例，老父只能教她到國中二年級上學期，因爲老父的讀譜能力，技窮於此。至於物理、化學皆需要實驗設備，更是非家庭能力做得到。若非學校太汚穢，在家自學自教總非善策。

小女兒的英語英文教育，老父頗爲輕鬆，幾乎全是自修。她虛歲六歲時先教她字母，其後讓她聽幼稚園英語錄音帶，依低、中、高三級順序而進，聽而不寫。再後讓她聽國中英語錄音帶，稍稍學寫。接著聽高中英文錄音帶，也是一册册地聽，每天抄錄課文若干。高中英文六册全部聽完之後，老父嚴格要求小女兒自第一册第一課起，逐句口譯，老父反覆究問改正，除了第六册第一課內容是我所最不齒的人，沒讓她聽沒讓她口譯之外，全部嚴格探究過。這時她大約十二歲（記不確，須得查對日記），其後又反覆口譯複習了約莫十遍，六册課文她已滾瓜爛熟，本年年初高中英文算是畢了業，遂進入翻譯的精讀階段。老父藏書涵蓋中、英、日文。中文書小女兒有興趣的她都看過了，像卡遜女士的《沈寂的春天》，她大概還沒興趣看。自前年以來中文書既已逐漸沒得看了，小女兒便轉而看英文書，上自優里匹得斯的悲劇，中如伏爾泰的哲理小說，下至本世紀的英美小說她都看，老父躭心她囫圇吞棗。本年以來，她幾乎全看英文書，老父正躭心她中文會荒落不進。但也只好隨她去，孩子只要在看書就好，而且她看的全是經典之作，終究會有些進步。

要不是《梭羅傳》此時極有發表的需要，老父也不會瞞著小女兒偷偷拿出來發表。她早已聲明過：她的翻譯全是作業練習，是不能發表的，若拿出去發表，她知道了便斷不肯再翻譯了。小女兒說一不二，因此這裏得請求讀者諸位，千萬不要爲了好奇枉駕來訪問，親友們尤其特別請求，卽使在什麼所在遇見，千萬莫要提起，卽使是眼色，也請格外留意。

臺灣譯界老師耆宿所在多有，老父居然將虛歲纔十五歲的黃毛丫頭的習譯拿出來發表，未免過於荒唐。但全文經老父對照看過，其中有百分之一，還經老父「加工」過，小疵怕是不能免，大謬大概是極少有了。老父最大的心願是：讓小女兒提早對社會做些有益的事，盡一點兒棉薄，這總是好的，您說，不是嗎？

——一九九二、七、一

附言：正遇上通過新著作權法，此稿不曾發表，也未出單行本。

——一九九四、三、十四

下淡水之冬

坐火車自高雄南下，經過鳳山、後庄、九曲堂，再向前越過一條大溪，便進入屏東縣境。這條大溪，舊時叫下淡水，因此下淡水便成了屏東縣的地理名詞。

上淡水人在寒冷多雨的冬季裏提起下淡水，無不直覺得彷彿記起了曾經在夢中到過的仙境，而爲之陶醉，爲之神往。

一九五二年秋負笈省垣（臺北），剛開學兩個多月之後，便領教到上淡水（大臺北）湫隘的冷冬。臺北盆地不算很小，怎麼說它隘呢？就因爲它湫。第四年要不是恩師陳蔡鍊昌先生在延平補校爲我謀得一席，一來不好孤負恩師，二來不好違聘約，三來捨不得我那一班學生（職責所在），我早因爲忍無可忍，放棄那張即將到手的文憑，浩然賦歸，投身世界最美麗的下淡水之冬了。

語云：如人飲水，冷暖自知。歐洲人不曾來下淡水過冬，以爲意大利地中海岸的冬是世界上最美麗的冬，只要他們來，地中海會卽刻失色。

冬季，以月份計，北半球應起自十二月一日，止於二月二十八日。下淡水一入十二月便進入旱季，氣溫也節節下降，藍天也節節升高，大地也節節爽塏起來；雲也節節消瘦，終至化成雲氣，像透明的面紗，輕貼著老天青春永駐的臉；植物也節節乖巧起來，嫺靜起來，不再怒長，不再以鬱鬱的青逼人，樹宛若紳士，花草宛若淑女，都帶著幾分笑意，因爲天也正對著地微笑；空氣也節節柔軟，不再擦人臉面手腳，像少女的腮，像少女的乳房，輕偎著人，令人感到無限的溫馨，無限的銷魂；於是下淡水便進入了舉世無雙最美麗的冬。

整個冬季，下淡水的平均氣溫，在二十五度至十五度之間，羅馬則還要再下降十度以上。二十五度至十五度，這是多數美麗的花種子願意萌芽開花的溫度，這是仙界的氣溫，而此時下淡水便是仙境。

下淡水的冬日，上午大體是冬陽煦照，晴空萬里。東邊的山脈迤邐南北，微罩在煙嵐裏。南北太母山矗立如兩座天臺，有人登頂，直可摩挲青雲。大地一片煙綠，正對映著上天的煙藍。下午雲氣瀰漫，山脈全隱，天地在氤氳裏變小了，人，彷彿孵在一個大蛋裏。入晚之後，雲氣又開，星朗月明，草蟲依依唧唧，時或仍有流螢照夜。沒有凜冽的風，人有如在一個透明的大玻璃缸裏，缸壁上貼著星點和明月，草蟲在缸裏唱歌，螢火在缸裏畫著光的曲線。

因爲氣溫的宜適，使身體沒有溫度的負荷；因爲濕度的宜適，每一毛孔都放鬆了；地心引力也減輕了，人物行動，盈盈的，幾疑浮起在地面之上，飄飄然有似乎飛仙。

地面是季節良窳的測定儀。北國的冬，天寒地凍，地面硬如鐵塊；赤道的冬，天熱地濕，地面依舊在發酵，有如發粿。下淡水的冬，地面黃金般硬中有軟，軟中有硬，每一寸土地都呈現著它應分的美。

赤道的冬，膚表依舊是體溫的一重負擔，衣褲是難堪的贅疣。北國的冬，衣服有似乎重枷，壓得人傴背僂腰。下淡水的冬，穿戴恰恰是身體的一部分，而且十分的裝點出文明人的尊貴樣相。

下淡水的冬夜，睡眠時窗戶折衷地半開半閉，一條毛毯或棉被，正足蔽形保溫，赤道的敞裸，北國的窒息，是未曾聽聞的天方奇譚。

下淡水之冬，人們日裏過的是如意的生活，夜裏做的是甜美的夢。文學家們想要取材描寫仙境，下淡水之冬恰恰是。

——一九九二、十二、十九

父愛

老實說，未有電腦之前，我對於人腦從來未有具體的了解。接觸到電腦之後，纔想起人腦的容量問題，到底一般人腦可容納多少資訊？假若有那麼一天，人類因醫學昌明而獲得不死，人類會不會因腦容量的有限，亦卽有一天人腦因資訊塞滿，不再能輸入任何資訊而卽刻又面臨死亡的厄運？

這確實是一個問題，但不論如何，此時我的腦子卻是不期然地從千萬億資訊中自動調出了這一段資訊，我權且將手當印表機，拿起筆將這一段資訊登錄下來。這裏得先向讀者告罪，我這部腦子性能之不佳已是公認的事實，它對空間資訊還不怎麼模糊，對於時間資訊則幾乎常常當機，頗已不管用，因此涉及確實時間這方面，得請讀者大而化之，幸勿細究。比方說，本段登錄便見不到年月日，好在這是人類永恆的問題，缺失年月日並不礙事。

小女兒十歲前，我常帶她到屏東中山公園去看樹，看樹上的松鼠看鳥園中的鳥。十歲後不知何由她不再那樣喜歡去，而公園裏平時確也看不到有女孩子的踪跡。後來老父也覺得那地方再不適宜她去，公園裏到處是老人和閒人，到處是眼睛。這幾年來我雖去得不頻仍，到屏東買書時，有時還是會去走走。一個人去總不免有落寞之感，眼前的中山公園對我已引發不出美感，我去主要是去憑弔過往的歲月：携著小女兒的小手，去看拉脫（一隻松鼠的名字），去看金雞（有一大段時間牠是吸引小女兒去的最大吸引力），去尋桃花心木的落果。啊，那一段美好的歲月已不再能回來！平生很少有落寞感，一進公園這落寞感很快便襲來，因此我很少在公園裏待上十分鐘以上的時間，只有一次待了近一個鐘頭，這一次我是遇見了一個年輕的憑弔者，他是來憑弔他跟父親的過往歲月，情形正好跟我相反，很湊巧，也很感傷。

我在池邊一條長椅上坐著，一個年輕人，不是高三便是大一的年齡，我猜他是新鮮人，很有禮貌地徵求我允許他在同一條椅子上坐下。池邊還有些空椅，他偏要跟我同坐，我猜想或許爲著我的年紀和他的父親相彷彿的緣故。兩人靜默地坐著，落寞感依舊掩襲著我，後來我很後悔我沒有開口說話。我偶一旁視，發現這年輕人眼眶裏噙著眼淚，他或許假想著要復活那過往的歲月，畢竟我不是他的父親，我只不過是一具人像。

我一向見人流淚便會著慌，一時眞不知所措。

「很抱歉，我正有心事，太過沈默了。」我終於只能說出這麼一句話。

年輕人轉過臉來。

「對不起！」

說著雙手搗起臉，眼淚撲簌簌如雨般地落，順著手掌心流下來。

我慌得一句話也說不出。

人悲傷時讓他盡情流一場淚也是好的，因此我只能靜靜地坐著。

待他淚流盡了，我一半自語一半是在安慰他，我說：

「人世間永遠不會有平等或公平的事，人人遭遇不齊。」

「對不起，煩擾了您老人家！」年輕人說。

「人應該互相關懷，彼此分擔生活的負荷，這點兒小事千萬不要介意。」

「老伯伯一直坐著沒有走開，我感到有一股暖流環繞著我。設使老伯伯走開了，我不知道會覺得多寒冷？」

「除非是冷血動物，沒有人會從這張椅子的另一端走開的。」

「多謝老伯伯的好意！」

「天也不會永遠放晴，人難免有非尋常的遭遇，但萬事都應該看開些。」

年輕人沈吟了一會兒，說：

「從小時候每逢週末週日，先父時常帶我來中山公園看樹看鳥，來池邊坐，順便再去逛書店，吃小吃，一直到我高二下功課實在吃緊了纔不常來，可是還等不到大學放榜，父親便謝世了。」

「哦！哦！」

我雖是有一大把年紀，其實非常不善辭令，一時也不知怎樣說好。停了一會兒，我說：

「人生不是汗水便是淚水。九泉有知，大概都會希望在世的人將淚水化爲汗水罷。」

我的話說得非常不妥切，但已說出去，欲待彌縫也來不及了。我是順著「該看開些」的話講下來的。但年輕人似乎未太留意我的話，這使得我覺得好過些。他緊接著說：

「每次懷念父親太深切了，便不期然會來中山公園重尋父親的形影。」

「哦！哦！哦！」

我連連哦了三聲，又說不出話來。停了一會兒，我說：

「我也時常帶我的小女兒來中山公園，日子差不多全在星期一至星期五這期間，星期六和星期日人多，反正我沒有日子的限制。」

「先父是公務人員，別的時間不方便，而我也要上學。」

「怪不得我們沒碰過面，不然早成了好朋友了。」

年輕人不覺露出一絲笑容，我心裏覺得好過些。

「可是老伯伯縱然沒有日子的限制，小妹妹要上學呀！」

「我的小女兒沒有入學，要是入了學，我們早就碰面了。」

年輕人先是驚訝，後來又露出了一絲笑意。

「唉！我跟你是先後的同路人，我高一時便失去了父親了。」

年輕人又一驚訝。

「那麼老伯伯也是孤兒嗎？」

「不，我還有母親，母親現在還健在。」

「我三歲時便沒有母親了。」

年輕人並未露出什麼特別的悲戚說，畢竟三歲小兒還是懵懂無知的時候。

我又許久不能說話。

「你有親戚嗎？」

「只有叔叔一家。」

「有沒有兄弟姊妹？」

「沒有。」

「那麼你現在學業生活怎麼支理？」

「靠父親退休金的利息。」

「幸好還有利息可以支用。」

停了一會兒我問：

「你跟叔父一家同住嗎？」

「不，父親過世後，我一人獨居。」

「不會覺得孤單嗎？」

「會，很覺得孤單。」

我幾乎掉出眼淚來。

「失了父親之後，我纔體會到父愛無可替代，也纔能回味父愛的無微不至，父親整顆心都在我身上。」

「有一個人全心在你身上，這樣的幸福難以言語形容。人生這樣的幸福，前段是父母，中段是夫妻，後段往往不備，有時候兄弟姊妹是全段的，很是可貴。」

「我好懷念父親喲！」

「我也非常懷念父親。我雖是花甲老翁了，但自父親逝世後四十多年來，我沒有一個月不想起他，不懷念他。我非常喜愛我的父親。我自小跟父親同床，他是端午節過後第六天拂曉時溘然長逝的。」

「我小時候也是跟父親同床，自上國中後，父親便讓我分床睡。就因爲這樣，纔留給我無可彌縫的遺憾。」

不便多嘴問他是什麼樣的遺憾，但我的眼睛一直盯著他的眼睛看，而且是深深地盯著，這比多嘴還更嚴重。

年輕人是深深覺察到我的眼色了，從手裏拿著的一本厚書裏翻出了一張透明塑膠套，交給我，指給我夾在中間的字條。那字條是這樣寫著：

兒：讓你睡，不喚　十二點一

心

好　八

看了字條，我的心卽時沸騰，老淚禁不住滾落。這張字條因爲病情的重篤未曾寫完全，但不難看出，應該是如下的一個寫法：

兒：讓你睡，不喚你

十二點一刻

心臟病發

好好兒照顧自己

父

待我淚盡時，纔發現年輕人正掩面大哭。我把手搭在他的肩膀上。這字條的情況，也是目前我極可能有的情況。父親推醒我時，正是我該起床準備上學的時候了，待母親過來，父親已不能言語。

——一九九三、二、十

變

我們有本老書叫《易經》，是談變的專書，這本書認知世界是一個變動不居的場所，在這場所中的萬物無有停留與停滯。古希臘也有一個哲學家赫利克利塔斯持同一的認知，他說：「濯足溪流，後水非前水。」（斷片十二）又說：「人莫能再度濯足同一溪流。」（斷片九十一）。客觀地觀覽世界，世界是一個變的場所乃是事實，但事實歸事實，人並不是一定要接受事實，能夠接受事實的一種奇異生物，因此也有哲學家站在人的立場主張不變，齊諾便斷言：「飛矢不動。」（見亞理士多德《物理學》Z9 239 b5），戰國辯者也說：「飛鳥之影，未嘗動也。」（見《莊子》〈天下〉篇）。從近世天文學所得客觀事實來看，地球環繞太陽乃是事實，而人們日常生活只當太陽環繞地球來認知，我們說日出日落，是以地球爲主體。

變是現象是形式，其內容就是運動。沒有運動就沒有變，沒有變也就沒有時間。時間是全宇宙浩瀚無際的運動呈現爲變的現象或形式之齊一序列，這個全宇宙的齊一序列的時間，與容納無際運動之場的空間，結構成萬有之所以有的間架，沒有這個間架，宇宙是無法呈現的。

以故，凡存有無不在場無不在變。一塊美石靜止在你的案頭，供你觀賞，但它一直在運動在變在時間序列中，終有一日你會看見它風化了，這風化就是運動的結果，也就是變的現象的呈現。你身上的血液一直在運動；你身上的細胞也一直在生成，在運動變化，在衰老，在更新。而你整個人，跟你案頭上的美石一樣，同在時間序列中，終有一日那塊美石會風化爲細粉末，而你會變老而死亡。這是主客觀地認知存有。若單是主觀地認知，人只能感應現象，卽只能看見變，而運動是客觀地認知，時間是進入人的腦中的抽象概念。

宇宙雖是個變的宇宙，而人的感覺和認知機構卻是線段式的，人的聽覺僅收得到某幅度的聲波，人的視覺僅收得到某幅度的光波，幅度上下限外便無法收取，而運動有過於快速與緩慢者，同爲人的主觀感覺和認知所不能感應，亦卽過分快速與過分緩慢的變的現象，在人的主觀感覺與認知上是不可覺不可知的。這一現象，在造物設計上非常重要，它使無常的宇宙對人呈現爲一必要的定量的有常宇宙，而在這個定量有常的容許下保持其適可的變量。所謂有常，卽是不變。故就人而言，世界是一個有常的世界，宇宙是一個有常的宇宙。如實的變動宇宙變動世界，人是無法在其中生活的。吾人給這個無常中的有常，命名爲造物設計下的變之變相。這變之變相，其實一點兒也不有常，它仍是無常，仍是變。

假使沒有這個變之變相的有常，父母不能認得子女，子女不能認得父母，人一出門便再也認不得家，甚至認不得自已，這教人如何生活？你認得你的父母，今日的父母和昨日的父母，你不覺得有變；子女亦然。你的家屋，昨日如此，今日如此，明日如此，不止你認得，別人也認得，故你不至於像古書上說的那個大健忘者，一出門便再也回不了家，而你的朋友也因爲你的家有常，時時與你來往。然而這一切讓人好生活於其上的不變世界有常世界，可是整個浮托在變動中的。

於是，由於有常中有無常，無常中有有常，你不止覺得這人間可居，甚至可喜、可愛，可以爲它生，也可以爲它死，你一身的感情便瀰漫其上，別人一身的感情也瀰漫其上，千千萬萬人的感情都瀰漫其上，人間遂成爲一個感情的世界。

因爲有常的世界是浮托在無常之上，故得以完美而常新，常新是因爲活著，活著故完美。設使有常不是浮托在無常之上，而是它透徹的自已，人將成爲石頭人，且是一個永不風化的石頭人，沒有生命，沒有時間，因爲它沒有運動和變化。這一刻，使宇宙整個成爲透徹的有常，運動將從這個宇宙消失，變化也消失，生命也消失。有變纔有眞存在，有變纔有生命。一個定常透徹的不變世界，存在是假的存在，因為它完全靜止，完全的靜止就等於不存在。

若運動從這個宇宙抽離，亦即無常從這個宇宙消失，這個宇宙將立即成為一個死的宇宙，生命立即從這個宇宙消失，一切存在立即從這個宇宙消失，宇宙本身亦立即不存在。無常是生命所以可能的條件，是存在所以可能的條件。因為無常故有花開花落。因為有無常中的有常故人看見了花開，看見了萬有。意識是活在無常的溪流中，一旦無常的溪流凍固，意識亦行凍固。無常是第一真理，是一切可能的基石。惟有無常方有永恆，惟有無常方有永生。無常即是永恆，無常即是永生。

——約一九九二、七、十一～一九九三、三、十一

地球——生命之星

太陽本身沒有生命，但它是生命之源。水星、金星、火星、木星、土星、天王星、海王星、冥王星，是太陽的子星，因爲距生命之源的光與熱未得中，全無生命。夜空上所見無數的星，全是恆星，它們全是生命之源，但它們的子星有無生命則不可得而知。目今所知，地球是宇宙間惟一有生命之星，它不止名符其實，爲有生命之星，而且是到處充滿了生命的生命之星。

地球表面佈滿了生命，少說也有一千萬種，包括肉眼可見的、不可見的，陸上的、海中的，甚至是地下的、大氣上的。生命是奇異的存有，可以說是這個宇宙突現的存有，是天外飛來的存有，原本不是這個宇宙可能有的存有。生是不可解，不可想像，一種至高的藝術。生是這個宇宙一切能巧妙的組合，外加天外飛來的一種能，顯現爲千萬億態、千萬億現象，這叫生命。

肉眼可見的生命，乃是依乎美的原則而創造，故可見的生命無一不美；有形體美與形態美二大類，植物爲形體美，動物爲形態美，莫不美到不可復加。以猩猩爲例，自人類的觀點而觀，其面容應可歸爲醜陋，但就猩猩的形態美而言，其面容是創造中可能有的最美的配合，可謂美到了極點。試想像猩猩換了個美容貌，跟牠的身體配不配，這不免反而變得醜了。再以人類自身而言，人類中佔絕大多數，其貌不揚，這是割了頭看，若連接全身，依然是形態美的最佳配合。這跟猩猩之美到極點是同理同事實。舉此可以概一切動物，包括鳥類魚類昆蟲乃至毛毛蟲。

鳥類之形態美是有目共睹的，魚類之形態美也是有目共睹的。至於爬蟲、昆蟲、毛毛蟲，這些字面上所謂的蟲，你試思索看看，看能否想得到醜陋的？也許你想起蚯蚓和蛔蟲啦！可是蚯蚓是躲在地底下的，而蛔蟲則躲在動物肚子裏，都是不叫人看的；其實，不帶成見去看，牠們也是生得十分的美。而鱷魚則跟猩猩一樣的美。蛇之美更是不用說，只有蛆跟惡臭相伴，你或許嫌牠醜，這還是成見作祟。至於蜂、蝶之美，乃是地球生命美的上選，誰能異議？

植物之美，美不勝收。下自苔蘚，上至神木，展現著無窮無盡的美，色彩美、形體美，自根而幹而柯而枝而條而葉而花而果，一株植物便是一座美術博物館，尤其是木本植物，即使是不完全的所謂下等植物的蕨，也全是滿分的藝術製作。植物的葉和花之美，尤其是老天展現他的天才的傑作，層出不窮（筆者有一篇專文〈植物之美〉，可以參看）。

因爲生命是美麗的，而地球是生命之星，它連非生命的本體也都得配合，製作得其美無限。海洋的遼闊與澎湃，河川的蜿蜒與曲折，天的藍、地的綠，風雲的變幻，四時的推移，這也是地球所特有的，不見於無生命的星球。

地球是目今所知宇宙間惟一的生命之星，而生命是美麗的，因此地球也是宇宙間惟一的一顆美星。

因爲地球是生命之星，便必然是個美星，可是也因爲地球是生命之星，它便也是血腥之星，汗水之星，淚水之星。假若星體是個舞臺，沒有生命的星體乃是空舞臺，因爲它沒有演員。地球是宇宙間惟一的一座劇院，自亙古以來，戲齣不斷。這個星體上的任一生命都是演員，只是所演的角色有大小，戲程有久暫的分別而已。而這個星體上的多數演員，悲喜劇通演，最後無例外以悲劇收場。這座劇院專爲老天設，而老天便是地球這座劇院的惟一觀眾。

不論如何，地球乃是宇宙間惟一的生命之星惟一的美星，而且也是惟一的歡笑之星。

——一九九三、四、九

陽光

居常時時不期然被陽光乍然感動。住在迴歸線內，人在豐沛的陽光中，有如魚在水中。人在專注某些事物的時候，別的事物是不能經心的；可是只要一有空隙，陽光便立即照入你的心裏。正在走路思考某些個問題的時候，陽光照在腳跟前，照在背脊上，僅僅是無意識有意識地感到暖或熱；可是只要有了些微的空隙，你便會乍然驚覺：啊，陽光這麼地美！

梭羅曾經發現自己的頭影帶著光圈而被感動，我沒有過這種經驗，或許有過，但搜索記憶，似未有這樣的存檔；倒是偶然發現頭上戴著半邊陽光，感動得令我差點兒跳起來。新屋裏滿是書橱，距窗四、五尺，有一座白色瘦長的小書橱，側面頂端掛著一面鏡子，乍對鏡，卻見初陽照滿半邊髮，這美麗的光，居然無聲無息像一頂白絨帽，歪戴我半邊頭，也不嫌我老醜，給我這麼年輕的打扮。美麗極了，這好意的晨光。

你靜靜地坐在屋裏，可就有三位奇特的訪客不速而入，偷偷來訪你：清風、鳥音而外便是陽光。不論你的屋子是朝南朝北，或朝東朝西，陽光總會照進屋子裏來，如果你有南、東、西三面窗，它必定天天照入，除非雲遮了它。我的屋子，不論新屋舊屋，都朝南，因此陽光格外多，它進屋來，可是日常事。你在客廳裏坐著，或是你根本未在客廳，它可就悄悄坐到客椅上來了。你要是仔細聽，你可會聽見它跟你打招呼：

「今兒個，天氣可眞不錯啊！」

「當然不錯啦！您陽光先生都進我屋子裏來了，還有不好的天氣嗎？」

你再仔細聽，它會關心地問你：

「你那盆花難道經得起我曬嗎？」

「當然，當然，那是洋水仙，經不起您曬。」

於是你得將洋水仙移走。而後你彷彿又聽見它說：

「你整天待在屋裏不出去，難道不發悶嗎？就是你不出去，我纔進來探望你的呀！」

這似乎是它的說辭。多半時候，它是靜靜地在一張客椅上坐一會兒，又換另一張坐，把屋裏映得靜透，而後悄悄地出去。

新屋內壁，依我的設計塗以淺乳白色，半尺壁腳和窗框是鼠灰色，顯得格外素淨。每天九點時分，一入新屋，總被那柔美的色澤感動得一顆心都要渙然融化。那是由最適切的斜度，最適切的亮度的陽光入屋來造成的光效，是居家最美的明光，世上不會有第二家有這麼美的光效了；更何況屋外四周樹木扶疏掩映，還透著幾分綠光！

晝間陽光入屋來逗留得久些，早晨和黃昏便甚爲短暫，只有偶然的機會纔可能一遇。有時也不知是何故居然晏起，一睜眼卻見淡白色的朝輝照在內壁上，看著它，它卻一步步溜下來，不免著急，一骨碌跳起，萬一給它曬著了屁股，豈不羞人？黃昏陽光入屋位向正相反，黃橘色的餘暉自壁腳向上移，漸移漸高漸紅，很快的便升到天花板，於是日落了，壁間只淡薄反映著些許霞光，待霞光褪盡，這一日便也落幕了。

晴日裏世界的顏色是鮮豔的，陰天裏世界的顏色蒼白了，有似乎人因羸疾而菜色了一般。陽光有似乎是顏色的血，一旦失血，顏色便慘澹蒿目了；可是待雲翳乍開，陽光再下，顏色注了血，一切又都煥然耀目了。萬彙得了陽光的血，無論它自身形相美或醜，都顯現出十分的顏色之美。換個說法，陽光是鮮豔劑。在陽光下，你可曾見到過有那一樣顏色不是美麗迷人的呢？於此，我們爲陽光的鮮豔驚奇。

固然，熱帶的夏日，如火如荼；可是，熱帶的濃綠與靛藍，豈不直需更多的陽光之血，更多陽光的鮮豔？

陰天裏因為缺少陽光，家居生活也失色了；雨天更不用說。沒有陽光的日子，多數植物停止了光合作用，和動物一樣，吸入氧氣，呼出二氧化碳，人的眼光、腦力也都遲鈍了。好在灰色也有它獨特的美，如陰天裏滿天的靜雲，如日落後的黃昏，如濃霧的早晨，如雲氣下地蒼茫的卓午，可以說是陽光鮮豔外的一個對極；這算是奇蹟。

家居最美的陽光應算是遠自南迴歸線上射來的遙日，尤其早晨剛出山頭的那第一道光，最美是透過樹隙僅一抹抹在書桌或寫字檯上，正落在手邊，那眞如一塊寶玉。

樹林間，陽光如花，開在樹陰裏，千朵萬朵，形形色色，大大小小，美無限。隨著季節的移轉，樹葉有疏密，冬春疏而夏秋密。夏秋二季雨多而日足，密葉蔽天，陽光打從密葉細縫如針眼間篩落，照出一個個正圓的小日；密陰有如一面魔鏡，幻出千萬顆小日，走在林間，一身是日。

也教人渴望登高眺遠，攀上太母的子山孫山，極目俯臨下淡水平原，陽光如海。

——約一九九三、四、十五～二十九

福爾摩沙

臺灣自來有許多名稱，除臺灣一名之外，還有甬東、蓬萊、方丈、瀛州、夷洲、澶洲、東鯷、琉球、北港、臺員等名稱，而臺員是四百年來最爲通行的名稱，至今臺灣仍然唸做臺員；此外，另有一個名稱四百年來通行於全世界，那便是臺灣最響喨的名字：福爾摩沙。

一五一四年葡萄牙人東來貿易，一五四五年其貿易拓展到日本。他們的商船初次由澳門開往日本，途經臺灣，看見島上崇山峻嶺，儼若天城，植物蓊鬱，宛如碧玉，不由齊聲歡呼：Ilhas Formosas!（啊，美麗之島！）臺灣遂自此以福爾摩沙之名見知於全世界，人們提起福爾摩沙時，心存多少讚美與向慕啊！法國大地理學家 Elisee Reclus 在其所著《世界地理》一書中說：「在大洋中再沒有其他島嶼比臺灣更值得『美麗島』(ile de Formose) 這一名稱的了。」據此，臺灣應更稱：世界最美麗之島。

臺灣自誕生之初便是個舉世無匹的神山。據地質學家的測定，臺灣由海中褶曲隆起成爲海島，是在古生代的晚期，卽在二億二千萬年以前；那時華中、華南還是一片汪洋的大海。臺灣屹立在大西太平洋的正中央，高與喜馬拉雅山齊，可以想見其風神之超特。中生代時，華中、華南從海洋中升起，而臺灣天城般的南北縱貫山脈最高段，據地質學的推測，或卽於此時折斷爲二，其原來的底座便是今日的玉山山脈，而其崩落的新堆便成了今日的阿里山山脈。這是臺灣誕生之初的風貌。德國歷史學家 Albrecht Wirth 說：「中央山區的植物，其形態之複雜與喜馬拉雅山的大爲相似。」這當然不會是偶然的，因爲臺灣曾經跟喜馬拉雅山同高，隔著大西太平洋彼此遙相對峙。

法國臺灣史家 C. Imbault-Huart 對臺灣的美有很多描述，他說：「對於藝術家、風景的愛好者、自然的愛慕者，臺灣等於是個大千世界。植物在那邊是繁茂的，而土地所蘊藏的財富超過了人們在他處所能見到的一切。風景隨著地方變化：在北部，彷彿像是瑞士，沒有雪，卻有著山嶺、隘路、最瑰麗雄偉的谿壑等等；在西部，是一些美麗和豐饒的平原，有著一些宏大的、有小徑穿行其中的甘蔗園，有著一些被最大樹木所蔭蔽並被最好聞的花朵所薰香著的道路；在中央山嶽部分，一種絕對未加墾闢的、熱帶的自然狀態，只有夏妥布利昂（法國大文豪）或聖庇爾（法國著名文學家兼博物學家）的妙筆方能描寫其一二。臺灣島到處都以一種美麗而又高貴的外表出現，而這種外表從各方面證明最初到來的葡萄牙航海家所給它的名稱『美麗之島』確是恰如其份。」（黎烈文教授譯文）

臺灣自戰國時代便有三神山之稱。《史記》〈封禪書〉寫著：「自威、宣、燕昭使人入海求蓬萊、方丈、瀛州三神山。未至，望之如雲；及到三神山反居水下；臨之，風輒引去，終莫能至云。世主莫不甘心焉。」後來的秦始皇、漢武帝，依舊在尋找。臺灣如今看來是一個島，但三、四百年前荷蘭人連少挺所繪的兩幅臺灣地圖，便誤分臺灣爲三個島，無怪戰國時有三神山之說。這三神山，後漢人分別寫做東鯷、夷洲、澶洲，仍然分爲三個島。古人稱臺灣爲神山，其意義跟葡萄牙人的「美麗之島」是一樣的，或者還有過之而無不及。可知臺灣之爲世界最美麗之島，自古已被認定。神山的必備條件，是山高嶺大，雲氣縹緲，土地無霜雪，鳥語花香，四季如春。在中國大陸海外，有那一個島，具備這個條件的呢？除了臺灣還有嗎？中西伊之助在其《臺灣見聞記》一書中寫著：「在豐富的光熱與雨水下，那繁茂深邃的綠色的山，彷彿滿山開了綠色的花。」吳子光讚歎道：「余自光緒紀年後，車塵僕僕彰、淡間，每見一丘一壑，雞犬桑麻，皆含畫意，謂此處人家，何修而獲居福地？」這個美麗之島人見人讚，人見人愛。

臺灣雖小，因有崇山峻嶺，顯得高深莫測，三千公尺以上高峯，有名稱可舉者，多達一百三十三座，副峯且不包括在內。大陸五嶽，東嶽泰山只有一千五百四十五公尺，北嶽恆山兩千一百一十九公尺，中嶽嵩山剛好兩千公尺，西嶽華山兩千兩百公尺，南嶽衡山只有九百公尺。華北的兩座名山，太行山兩千零六十九公尺，王屋山兩千一百六十九公尺。陝西的秦嶺兩千五百公尺。江西的廬山一千五百公尺。湖北的摩天嶺兩千八百一十公尺。湖廣交界的五指山一千七百一十五公尺。偌大的華北、華中、華南，竟無一座三千公尺級的山。三千公尺級的高山，要到甘肅、四川纔有，但平地已超過兩千公尺。由此可以想見臺灣的巍峨奇偉。

臺灣地處熱帶與副熱帶，卻有北極海的寒帶魚，告訴人家，沒有人敢相信。鮭、鱒爲典型的寒帶魚，環北極海而分佈，南限於地中海、裏海、中國北海與日本。臺灣大甲溪上游便有鮭魚，成爲世界鮭鱒類分佈的「飛地」。這是奇蹟。大谷光瑞在其《臺灣島之現在》一書中說：「中央山脈三千公尺以上地帶，居然有冷杉、圓柏生長得極其茂盛，這兩屬的樹木在日本，要在中、北部高山及北極圈內纔有。」這又是另一奇蹟。又說：「而西南部迎風招展著的椰子樹和紅加冬樹，又是赤道海岸風光的林木。多雨的林間，藤蘿繁生；而旱燥的地帶，又見仙人掌赫然指天。基隆南邊火燒寮年雨量多至六千四百八十九公釐（最高曾達八千四百一十公釐——譯者），而澎湖漁翁島卻只有八百二十三公釐。火燒寮雨量之多僅次於印度的寨拉潘齊，而漁翁島雨量之少，中亞沙漠除外，可與僅可播種穀物的寡雨帶同列。一個地方兼有寒熱乾濕這樣大差距的氣候，地球上實在少有其匹。臺灣眞是一塊如意珍寶，要什麼就有什麼。」（陳冠學譯文）

臺灣的維管束植物，總數近七千種，佔大陸植物七分之一，全球植物三十二分之一，種類的繁富，可以概見。臺灣是蝴蝶王國，蘭花王國。昆蟲已發現者有一萬五千多種，未發現者估計尚有四萬種，密度居世界第一。鳥類、獸類、兩棲類，密度也全居世界第一。臺灣又是地質學家的天堂。歐亞板塊受菲律賓海板塊的推擠，造山運動仍未休止，山脈年年仍在增高，地殼運動爲全球最活躍。一個海島幾乎囊括盡了地質的樣樣變化。

葡萄牙人初見到臺灣之時，臺灣西部平原森林直生長到海邊，百萬隻梅花鹿遊息於草原與森林之間。日本人初探阿里山，驚爲黑森林，紅檜密生，胸徑全都二公尺以上。臺灣不止是世界最美麗之島，她實在是一座寶島。可是今日的臺灣呢？百萬隻梅花鹿絕滅了，阿里山、太平山等黑森林烏有了，原始林伐竭了，水土保持全失了，水旱連年，道路成了臺灣的癌，將臺灣的寶藏與生氣開發淨盡，臺灣已成了路島（花蓮、臺東兩縣人口合計不足五十五萬人，開了多少路？爲的是什麼？）。臺灣人將臺灣變賣致富而窮奢極侈，臺灣已成了巴比倫島；又因窮奢極侈而製造多量垃圾，臺灣已成了垃圾島。更可悲的事實是，臺灣因臺灣人的貪慾，而被全世界指摘為最醜陋的貪婪之島。一個世界最美麗的島，落到這個地步，筆者寫到此，悲憤交加，滿腔熱血，滿眶熱淚。

（本文取材自拙著《老臺灣》——東大圖書公司滄海叢刊）

——一九九三、五、八〜九

麻雀

不同種類的生物，會密切地生活在一起，眞是不可思議。貓、狗都沒有麻雀那樣緊纏著人類。但人類普遍不喜歡麻雀，麻雀對人類有百害而無一利。什麼時候你忽然喜歡起某種花草來，牠便靈犀一點通，開始對該種花草施虐，啄葉毀花，讓它成了五不全。你痛心，可是你無奈牠何。牠整天待在你的簷前，吃飽了全跟你搗亂。牠在你的瓦屋上瓦縫間築巢，那倒可以容受，可是牠閑來無事，專鑽你的屋脊爲樂，把水泥鑽鬆，踳落你整桌面，一天得擦好幾回。牠把屋脊鑽成天窗，只要颱風一來，整個屋瓦全保不住。你痛恨入骨，可是你對牠莫可奈何。大約三千年前，詩人便痛恨地吟詠過：

誰謂雀無角，

何以穿我屋？
誰謂鼠無牙，
何以穿我墉？
——《詩經》〈行露篇〉

細沙鋪的庭面，美無限，細緻柔軟勝於波斯地毯，牠曉得你珍惜，飛下來，整天做沙浴，搶得坑坑洞洞，千孔百瘡，一不小心，便踠著了腳踝。你種了五穀，牠坐享其成，這方面人類倒有肚量，不予計較，可是牠不待你的種子萌芽，便啄食一空，你下一季便有餓死之虞。人類忍無可忍，就是莫奈牠何，牠有著一對翅膀，牠是魔鬼，專跟人類過不去，牠是專爲損人而生的，農人敬天，敢怒而不敢言。有時候，被百般惱怒了，眞想一網給打盡，可是自幼跟麻雀有了不解緣，也只好忍受了；不止忍受，還替牠保全種姓，給牠撫孤育雛，麻雀有知，應該懺悔羞愧。

牠不止整你，還嘲笑你，把你當傻瓜看待。麻雀跟人類一樣愛看熱鬧，極端好奇。一隻異鳥路過停腳，牠們數百隻圍攏上來，給人家評頭論腳，吵得賽似市集。我愛在沙庭上踱步，牠們把我當動物園裏的動物來觀賞。我上新屋頂去看天，牠們也圍攏上來，只要你不拿眼睛去對視，牠們越圍越密也越近。新屋上，樹枝四垂，牠們把這些樹枝當觀臺，你幾伸手可及。小女兒養有一隻兎子，有時候抱上新屋頂讓牠散步，牠們也圍攏上來看這長耳怪物。有一次，我看見一隻麻雀追逐一隻虎鶇，可憐這不善高飛遠飛的鳥，居然被迫飛過老樣樹頂，那至少有十二米高。牠們以作弄人爲樂，不少鳥隻路過，往往突然半途殺出，這些客鳥，出其不意，也不辨牠是何方神聖，法力深淺，只好落荒而逃。連日日見面的赤腰燕，也都不放過，不自量力，想跟牠捉捉狹。麻雀平時飛速不頂快，可是牠要是眞使起力來，一擲二十五米，四擲一百米，看來還是蠻稀鬆愉快的。但赤腰燕一滑翔便是五十米，甚至百米，麻雀只有沒趣地折回來。

小女兒養了好幾隻雞，好幾隻鳥，要老爸替她寫家禽列傳，去年十一月開筆寫了，卻是寫寫停停，預計兩三萬字可以完篇，寫到今年四、五月，纔只寫了六千許字，回頭一細閱，纔知是一篇「斷爛朝報」，幾乎逼出汗來，只好擱下了筆，不敢再妄想了。小女兒看老父老牛破車，磨蹭這許久，早宣言老爸寫不出來，不巴望了。可是這幾日來，小女兒又慫恿老爸寫麻雀，爲的是她養了幾隻從屋頂上掉下來的麻雀鷇，依舊盼望藉著老爸的筆，流傳人間，甚而永垂不朽。老父前已懲於家禽列傳，原不敢再執筆，可巧痖弦先生來信，厚意要我寫一些田園散文，無以應命，只好硬頭皮鼓起餘勇，將小女兒出的這個現成題目拿來做做，也好兩邊搪塞，萬一做好了，還可重拾信心，再多寫幾篇。

本年四、五、六、七的四個月間，小女兒陸陸續續在舊屋地面上撿到幾隻小麻雀：四月十八日撿到Mijbil，五月二十二日撿到Pinocchio和Edal，六月二十二日撿到Chahala（在果園中），七月一日撿到牽牛花。Pinocchio和Edal已於六月十五日放出去，Chahala已於七月二十二日死去，現在家裏還留著Mijbil和牽牛花。

舊屋瓦縫間多的是麻雀巢，Mijbil從巢中跌落在廳門內，還未開目，赤條條的沒半根羽毛，只翅膀和尾椎皮內可看到尚未長出的羽束。Pinocchio和Edal是小女兒聽見祖母的床下有小鳥聲找出來的，體格已長足了，已開目，羽束已長了出來，全身還沒有綿羽。這兩隻小鳥看來像是原本便出生在祖母床下的，床下最深靠壁處，有一個極爲簡陋不像巢的巢，因不知虛實，怕二鳥有不測，還是撿了起來。Chahala是小女兒在樹林裏地上發現的，此鳥兩膝紅腫，不能站立，全身羽毛已就，嘴角的雛黃尚未褪除，大概是剛出巢，先是懷疑被貓攫傷，爲牠擦藥，後來纔知是患了小兒麻痺症，牠兩膝紅腫消退後仍不能站立。小女兒非常後悔發現了Chahala，這樣的殘廢多難堪啊！但牠生得很美，小女兒時常托在手掌心中。牠只一天顯得怠倦，第二天便死了。牽牛花也是在祖母床下發現的，已開目，體格比Mijbil大些，羽束略已長出。Pinocchio和Edal一直不馴習，買不到腳環，小女兒自製了兩副，各套了一副，放出至今，整整一個月又二十天，一直不見踪影，我們父女都認爲牠們忘恩負義，牠們自始便不親。現在牽牛花宛然是放出的那兩隻，小女兒讚賞牠生得美極了，可是牠就是無情，一直想鑽出去。前天小女兒說她看見一隻公主，牽牛花相形之下變得好醜喲！小孩子的心理變化莫測，倒令老父不免愕然。老父問爲什麼不放牽牛花出去？小女兒說待牠雛黃褪盡了，表示不再是小鳥了，那時放出纔合宜。老父對這種無義鳥，沒半點興趣，可是小女兒卻愛牠們，因爲牠們都生得美。

這些小麻雀中，惟有 Mijbil 我喜歡牠，聽見牠給我們家的母狗舒遲卡攫入嘴中，我差點兒昏倒。

Mijbil 是隻不搶眼，而且發育不良的麻雀，此時嘴黃早已褪盡，已不再是幼鳥了。可是牠體格奇小，宛然是隻青苔鳥（綠繡眼），身長僅有八公分。牠從屋瓦間跌落水泥地時似乎有內傷，一直沒再長大分毫，而且全身羽毛不整，是隻很難看的鳥，可是我們父女都喜歡牠、愛牠，而牠也喜歡我們父女，看來大概也愛我們父女。Mijbil 所以能夠跟我們父女建立起感情，全在牠跌下來的時候還未開目，等牠開目時便認我們父女爲親人了。據說小動物開目時第一眼看到能動的物體便認做父母親。Pinocchio 等鳥所以成了不義鳥（對於我們父女），便是失了這個機。

一般而言，小麻雀人工很難養活，死亡率幾乎是百分之百。小鳥都是饕餮家，飼主往往不知節制，任其索食至脹飽，至引起消化系統嚴重發炎而致死。正確的餵飼，只能到六分飽，每小時一次。

我們爲 Mijbil 找了個大小適度的塑膠杯，鋪以衞生紙，衞生紙底下墊以紙團，使這個人造巢不致太深，以便牠將屎屙出巢外。Mijbil 所以會掉出巢外，就是屙屎時倒退過度，衝出了巢口。幼小動物天生都曉得保持巢穴的清潔，不把屎屙在巢裏。我們把這個人造巢放在舊屋廳堂書桌上，靠著一排書。Mijbil 開目後，時時逃出，沒有自衞能力或自衞能力不足的動物，空曠缺乏安全感，牠們天生喜歡隱蔽。Mijbil 翅羽長出後，更是不肯安於巢，不得已只好將牠放入細竹製的小鳥籠中。牠在小鳥籠中還得隱在杯巢裏纔覺得安全。待牠能飛，我們將牠放到新屋，讓牠在屋裏自由飛走。晚上牠宿在上層鋁門窗的隙縫裏，食物和水則用果凍小塑膠杯（不足一寸寬一寸長）盛著放在下層窗槽上。本來待牠嘴黃褪盡，有能力覓食便該放了牠，讓牠在大自然界生活。但 Mijbil 一來發育不良，放出去怕不得麻雀群認同，被攻擊；二來牠全身羽毛沒一片是整飭的，只要一小陣雨便會淋濕凍死，因此不得不留著牠，不是我們父女有私心。

因爲屋裏沒有樹，Mijbil 將我的食指當樹枝棲歇，站在那上頭搖尾、振羽、梳理，宛如我是一棵天然樹一般。牠將全身修飾一過，便蹲下來休息，將腹部靠在食指上，輕輕地喚自己的名字，那是牠惟一的歌曲，細而好聽。牠會喚自己的名字，千真萬確，我沒加油加醋，誇張一分半分。

可是牠隨意飛飛停停，便也任意到處屙屎。小女兒書桌上整排的半架書，不免被點點屙污，不得已只得將牠關入鳥籠裏。但小女兒一天裏不「抱抱」Mijbil 幾回，心裏似乎會難過，一回轉頭，只見Mijbil又在小女兒的手掌心中了。小女兒「抱」得 Mijbil全身濕透——她會出手汗，便將 Mijbil 遞到老爸的書桌上，只要我伸出食指，牠便立即跳上來。有時候我正洗過手，手背滿是水珠，Mijbil 便就著我的手背啜飲。一隻看來彷彿纔只有我的食指前兩節大的小鳥，那麼的可人。小女兒說，牠飛起來像隻蜂。猶記得小女兒帶牠在庭面上學飛時，偶一失向，被母狗舒遲卡一口攫食了的那一剎那。我在舊屋廳堂裏做功課，只聽見小女兒一聲哭叫，我急步跳出去，小女兒紅著眼睛指著舒遲卡說 Mijbil 被舒遲卡吞掉了。果然舒遲卡正伸出淡紅色的舌頭在舔嘴，我一下子感到一陣空虛，不得不硬撐著，但下一瞬間我指給小女兒：看，Mijbil 不在那兒嗎？要不是這下一瞬間是這樣接近，要不是有這一下一瞬間，我怕不免昏倒，不省人事了。明年初便屆還曆之齡，這近六十年來，我的意識還不曾喪失過，即使是前年車禍腦震盪，也只是有十多分鐘腦細胞裏沒檔案罷了，意識猶然未失。我不免吃驚，對這小東西，用情居然如此之深。其實早在三十歲之前，我便痛切體認到死的問題，自那時起，我已進入物我無隔的最高境界，只有當生物自衞本能被迫冒出的時候，如我被迫捼殺整窩螞蟻，拔除嚴重霸佔地盤的草，即便是這時候，還是帶著極端的惻隱來遂行。事後想了想，不論是怎樣的物我無隔，我對這小東西用情確是驚人的深。我慶幸這小東西沒死，不然或許我早跟著牠去了。

小女兒將 Mijbil 托在手掌心裏，不解地問：Mijbil 明明被舒遲卡一口啣入嘴裏，而且吞下去了，怎麼一下子又在庭邊呢？老父只得跟她說，老爸早年曾經學過魔術，手指一指，Mijbil便從舒遲卡的肚子裡，原封不動地蹦出來站在庭邊了。至今小女兒只得相信老爸眞有魔術，還要老爸傳授給她。

最令我窩心的，還是牠棲息在我的食指上，一邊喚著自己的名字唱歌，一邊眼珠兒瞟著我的眼睛看；或是牠從地板上飛上我的大腿，再跳上我的胸襟，宛似登山家攀登絕壁，而後跳到書桌上，靠著我正打開著的書伏下，臉頰偎在書邊，表現出十分溫馨的滿足那樣子。

要不是有客人來，陪客人在客廳裏坐，還不曉得 Mijbil 還有另一可人處。客廳裏雖有好客椅，不是有客人來，我一向是不會去坐的。那一天，陪著客人坐著談話，Mijbil 飛落在我的腳邊。客人問：咦，這隻鳥兒養乖了？要不是客人問，我還不曾注意到 Mijbil 落在我的腳邊呢！於是我一邊跟客人談話，一邊不時低下頭來看看 Mijbil，看牠先是繞著我的拖鞋轉，然後停下來啄啄鞋沿，時或啄啄我的腳沿，而後在我的腳後跟旁蹲下來，假想著做水浴或沙浴（後來我確切認知是做水浴），然後又沿著拖鞋邊走動，每走到腳跟處，便啄啄我的長褲管，而後又傍著拖鞋靜靜地蹲著，表現出牠十分的安穩與滿足。客人跟我談了什麼我都記不得了，可是 Mijbil 的憨態卻深而明晰地印入我的腦裏。

後來每有客人來，Mijbil 總是飄落在我的腳後跟邊。有一次，我做了實驗，獨自坐在客廳裏，Mijbil 很快又來到我的腳後跟邊，而後又做起浴身的動作來。我叫小女兒看，小女兒是首次目擊，高興得嘴都合不攏。這一次，Mijbil 的沐浴動作明顯看出那是水浴。新屋地板鋪的是白花色的大理石破片，磨得很是光滑。Mijbil 盡情地浴著，居然滑出腳跟外有半臺尺遠，分明我的拖鞋正踏在一片淺泉上，泉流僅有半寸不到深，泉水清澈見底。這個感覺令我直覺得大理石地板上真的是有一股清泉輕盈地流著似的。啊，你這小精靈啊，怎麼教我能不愛你！

Mijbil 蹲在我的食指上，我循著客椅背環室踱著步，小女兒像隻跟屁蟲似的緊跟在後。從小，不論在屋裏或屋外，她總是這樣緊跟著老爸。我感著深深的幸福，跟小女兒說：Mijbil 是世上最幸福的鳥兒。小女兒問：怎麼說呢？老爸應道：鳥兒停在樹上不稀罕，可是停在一棵會散步的樹，托在樹枝上看著光景移動，那纔是稀罕呢！你說 Mijbil 不幸福嗎？小女兒和道：牠是世界上最幸福的鳥兒吔！

Mijbil 將一直跟我們父女一起生活下去，直到永遠永遠。可是牽牛花遲早總要放牠出去。牠將跟 Pinocchio 和 Edal 一起日日跟我們父女搗亂，而且不止牠們本身，牠們的子子孫孫也將一代接一代繼續不斷搗亂下去，也是直到永遠永遠。

——一九九三、八、一四

鳽

鳽，現代名叫栗小鷺，本叫鵁鶄，是一種涉水禽。鳽字自來無一定讀音，注釋家全隨邊讀，但它是鵁鶄兩字的合音字，正確的讀音應該是荊。

栗小鷺是田園間常見的鳥，多見於溪溝陂圳池塘叢藪間。本地是旱地，但亦時時見其飛越大蔗區，不確知在何地營生。

五、六年前，我一個在隔壁村（鄰村）經營泰國蝦塭（塭音蘊）的族姪，在塭邊捉到一隻栗小鷺，特地送來，要供我佐厨，極力推薦，肉味清美。待他回去後，我們（我和小女兒）便將牠放了，牠朝西北飛去，那裏二公里半外正是族姪的蝦塭所在。我喊聲：糟！小女兒睜著吃驚的大眼，我解釋道：「那邊正是老哥哥的蝦塭所在，這回再捉到，老哥哥準會大聲呼喝：『你這不知好歹的偷蝦賊，早上剛送了一隻去萬隆陵遲處死，你還敢來！』」小女兒聽了很是躭心，問會不會再被老哥哥捉到，老爸回她「天曉得」。過了幾天，族姪又來了，這回是空手來——他時常來，來時多半會帶些伴手，或是他飼養的泰國蝦，或是家裏灌的拌了中藥滋補劑的香腸。坐定後便問：那鳥滋味如何？他是自己捨不得吃，特地送來孝敬這個他世上最親的族叔的。他雖是吃不到，只要聽到我說出那鳥肉的滋味，便如同他親口吃了一般滿足了。我不得不撒個謊說，滋味淸甜極了。於是族姪非常滿意地嚥了一口口水。族姪走後，小女兒撝著嘴笑，壓低聲音說：「老哥哥眞傻！」好像她的話會被老哥哥聽到一般。

那隻鳽，小女兒名牠依利莎白。小女兒給小動物命名都有來歷，她是將女王的名字給了牠，意思也就是尊牠爲王。也許是體型小，小女兒便認定牠是 female。

這隻鳥，跟我們父女的緣會雖不足一小時，我們卻時時念起牠的名字：依利莎白。

今年七月二十一日，路東機車修理店叫我的一個族曾孫，送來一隻頭上乳黃色胎毛還未脫盡的雛鳥。一眼看去，我認定牠是麻鳽（麻鷺）。小女兒立卽翻査鳥書，看來看去，家裏好多部鳥書：臺灣的、日本的、美國的，只有東海大學張萬福先生編的那本《臺灣鳥類彩色圖鑑》的黑冠麻鷺全合；但是黑冠麻鷺是多留鳥，不可能六、七月間在臺灣築巢、下卵、孵出。因此，我們對這一隻鳥的種屬一直存疑。小女兒希望牠是夜鷺的幼鳥，夜鷺成鳥後，羽色粉藍，小女兒格外喜歡。

這種鳥食魚，家裏沒有小魚，只好切魚片餵，第三日買得丁香魚，餵食纔不費事。起初不肯自食，小女兒抓著牠給翻倒餵入，早晚各餵食一次，一次四尾。

小女兒名牠 Mowgli，這名字，據小女兒說，典出吉卜齡得諾貝爾獎作品《叢林故事》一書，乃是該書主人翁一個小男孩的名字。

一星期後，Mowgli 跟小女兒混熟了，不用再翻倒灌食，自己肯啄食了。每次給食，放牠出籠，便追逐小女兒，小女兒故意逗著牠玩兒，有時追得急，索性飛起來，停在小女兒的手腕上，實在惹人愛。鳽是鷺科中體型較小的一屬，因此格外可愛。

小女兒讀書、寫字，便讓 Mowgli 站在書桌上，或在右手邊或在左手邊。Mowgli 一動不動地站著，活像一副標本。英文 bittern 屬的這一類鳥，有一共同的特色，牠們爲了迴避天敵，時常僞裝成一株剛抽新芽的蘆、荻或香蒲等植物，嘴尖向天，整體成八十度筆直地站著，這個姿勢，一般動物絕對無法辨識，就是人類，非得特別仔細察看，也絕難照見。可是 Mowgli 站在小女兒的書桌上並非這樣的姿態，牠嘴尖幾乎跟地面平行，可見得牠是十分放鬆的心情。我打從書桌邊經過，牠也了無驚嚇，一如老僧入定。也許牠心裏是感到十分溫馨，但我感到的溫馨則恐怕是牠的千千萬萬倍；原本是野地裏的生命，如今竟然這樣貼近，一種野地生命的慰藉深深地浸透了我。

小女兒過分放縱 Mowgli，她的書桌面幾乎全是牠的屎，白色的，如快乾膠，擦拭不掉。

Mowgli 幾乎整天在屋內自由靜佇著，有幾個所在牠特別喜愛，其中之一是客廳書櫥下段抽屜的突出部分，牠愛站在那兒靜觀光陰流轉。我有時忘忽，擦身而過，牠便本能地悚身一動，或是霍然飛起；我記得時，總是繞道而過，避免打擾了牠的靜觀——牠當個哲學家是很合適的。

Mowgli 頭上的胎毛是脫落盡了，放牠出去，應可以自活，但本地是旱田區，我們躭心沒牠落腳處。依利莎白是隻成鳥，我們放牠走時放一萬個心，可是 Mowgli 我們一直猶豫著，不曉得該怎樣做，因此一直留著牠。

我平生最畏懼「天道好還」「物極必反」這兩句話，驗之實事，絲毫不爽。Mowgli 和我們父女間的幸福生活會不會起變數呢？總有那麼一種趨勢叫你守不住幸福。一條自然律踞著你的心，或是一條道德律監臨著你的頭頂，於是你，如有軌道似的，由不幸走向幸福，或由幸福走向不幸，沒有人左右你，是你自己身不由己地把事情這樣推，把自己這樣推。在最幸福的時候，我心裏便籠罩著這個陰影。灑脫？不去理會它？要是灑脫得起來，人便不是人了。人能灑脫到不是人，人間還有悲劇嗎？一般生物只活在現在，人是活在現在，同時又活在過去與未來的一種特殊生物。三十歲以後，我一直活在幸福或不幸的倒影裏，幸福的倒影是黑暗的，不幸的倒影是光亮的。我要做個神，我做得到，但我寧願只做個人。

我有三百多張老式唱片，都還是新的，Mowgli 愛站在那上面，唱片上只好鋪上一層厚紙。小女兒有個書橱洞天——唱片便擺在洞天口，躲在洞天裏，誰也看不見。Mowgli 也喜愛那處洞天，當然依牠的天性而言，那兒是家裏惟一的隱蔽處，最像自然環境。我的書桌上，牠也喜歡佇立一時，幸而從未屙過屎。我的床尾邊半截書橱也是牠的所愛。不論牠站在那裏，看見牠一副仙風道骨，登時如置身風蘆露荻間。

麻雀 Mijbil 和牽牛花的籠子就放在 Mowgli 的籠子上頭。Mijbil 和牽牛花也是整天放出的，有時候 Mowgli 關在籠裏——其實關不關對 Mowgli 情形全然一樣，牠只是靜立在那兒思考罷了。牠那一動不動的神情，Mijbil 和牽牛花在牠的籠子上亂跳亂爬，看來是有幾分風險，生怕牠俟機一啄，一口就吞沒下肚去了。但是Mowgli 只是不動聲色地看著牠們要把戲，從未動過嘴。

牽牛花早就該放生了，可是小女兒食言留著要牠跟 Mijbil 做伴。Mijbil 尾羽也長出來了，看來已不再像是青苔鳥，只是頭頸間有缺隙，仍承受不了雨淋。

三隻鳥幾乎整天都跟人一樣，以屋宇爲籠，可是Mowgli的屎確是問題。Mowgli若是向晚放出籠子，天暗時分會自已鑽回去。但是小女兒一早便放出，牠便斷斷不肯再入籠。小女兒經不起老爸責罵，只得捉牠入去，遍屋裏追逐，天天重演。我警告小女兒Mowgli心臟會受不了，可是小女兒還是天天一早便放，挨罵了便又追逐，終於Mowgli左跛了，牠左腳中爪的趾甲因追逐而脫落，失去平衡。於是Mowgli跟小女兒有隙了，牠不再信任小女兒，不肯啄食丁香魚，寧願挨餓。小女兒不得不故事重演，又得翻倒牠給以塡食。Mowgli左腳中趾趾甲脫落後本不該再放出，應待它重生，但是小女兒仍不聽話，人類由幸福走向不幸，沒有誰支使你，全是自作孽。天道好還，物極必反，要有生活的智識纔可能脫軛。乃父有此智慧，小女兒可還沒有，結局已然甚爲明白：Mowgli越來越跛，終至瘸了。下面的發展急轉直下，我只能在一旁蒿目諦視。

一路來失卻了多少知識，多少親人；蒔花畜犬，看過多少回草黃花謝，埋葬過多少回家畜籠鳥。你要是達觀了，一事無有，要是不肯達觀，纖細盡在心頭。我寧願心頭充滿，充滿已逝的、現在的、卽將來臨的，或仍遠在未來億萬年外的生命。「至人用心如鏡」，那是鏡，不是心。心是溫的、懷的；鏡是「不將不迎」，空無一物，那裏一如太空，絕對地冰冷，絕對地空虛。

Mowgli 瘸了的那一天，我告訴小女兒Mowgli不長久了。第二天早晨小女兒甫起床，便告訴我 Mowgli 頭暈，她起床後頭一件事是餵 Mowgli。Mowgli已經站不住，趴在籠底。Mowgli因失去左腳中趾甲終至致瘸，又加上心臟嚴重衰弱。小女兒強餵牠丁香魚，都吐了出來。小女兒又補餵了一尾，還拿橡皮筋束住Mowgli的長喙。這孩子眞傻，人差不多過了三十歲纔有反觀（或說是騰觀）的能力，我告訴小女兒應該讓Mowgli 死得好過些。

自此我走不開腳，一直在客廳裏徘徊。Mowgli一忽兒張開翅膀靠籠邊撐著，嘴尖儘往上伸，一忽兒打拍著又跌回籠底，牠痛苦萬狀。牠沒有罪孽，應該好死纔是。朱熹患了大腸癌，死得好慘。約十點半前後，Mowgli 嘴尖平擱在籠底，已無生氣。不讓螻蟻、蠅蚋污屍，想趁牠十分乾淨的時候給牠收殮，我走過去審視，不意Mowgli未死，又警覺地騰起，牠是徹骨無力了的。有客來，陪客人坐談片刻，客人離去時，Mowgli已經走了。

找了個剛用完的雀巢牌嬰兒麥粉空罐，裏面還香噴噴的，將Mowgli 殮進去，瓠落有容，Mowgli一點兒也未受到委屈。給葬在一棵美麗的麻朗樹下，透過南窗，正斜對著我的餐椅，在五丈外。

Mowgli死後第二日黃昏，小女兒忽呼喚著：「乖！Mowgli，乖！」老父爲之一怔。其後數日，每到黃昏，小女兒就這樣呼喚，老父聽了心裏便是一震。一晚，小女兒熄了燈上了床，忽又呼喚著：「乖！Mowgli，乖！」老父心裏震得幾乎承受不住。小女兒一連呼喚了數晚。大約十一、二天前（約十月二十五、六日）午後，小女兒突然跟老爸說：「活的。」問她是什麼活的，她回說腦子裏 Mowgli 是活的。Mowgli 是九月二十七日死的，願牠永遠活在小女兒的腦子裏。我腦子裏的印象管已經不管用了，想再看看牠時，印象總是那樣薄弱模糊。

Mowgli的翼端已呈栗色，牠是鳽大概不會錯。

——一九九三、九、二十九～十一、六

蛇

住在鄉下，遭遇蛇是常事，即使不出門，蛇也可能進屋來。蛇是冷血動物，分佈在熱帶和亞熱帶，臺灣是其適宜地帶，蛇類不算少，陸蛇共有四十九種之多，其中有十四種是毒蛇，而一級毒蛇也有好幾種，屋內屋外都不是可以大意的。像英國，蛇類只有一種，雖是毒蛇，並非劇毒，屋內屋外大可放心。住在一不小心，便有丟掉性命的危險的地帶，的確是很不自在，必須養成尖銳的警覺習慣，每分每秒都不放鬆。語云：習慣成自然；習慣了也就好了。若未養成尖銳的警覺性，最好不要下鄉來。

近年來頗有抱持生態學觀念的學者或作家，呼籲不要打殺毒蛇，以維持物種不絕及生態平衡。我認爲這種觀念跟要保留天花病毒品種同是走火入魔，是無知的天眞，極要不得。不涉及實務實事的時候，無知和天眞都是很可愛的，一旦涉及實務實事，這兩種德性都極有害，只會平白製造不幸和災殃。

鄉下人見蛇就捉，不分有毒無毒，只有草花蛇例外。人類是雜食性動物，蛇當然也是他的食物之一。原始人類不止捉蛇吃，舉凡捉得到的動物無一不捉來吃。二十世紀進步的文明人仍不二樣，吃鼠，兎更不在話下；吃伯勞，野雞更不在話下；吃龍蝨（相對於金龜，臺灣叫水龜），魚蝦自不在話下；吃金龜，蝗蟲（草蜢）、土蜢更不在話下，連蚯蚓、蠐螬、蛆、蜂的幼蟲都吃。將人類還原爲wildlife，這個現象便很好理解了。鄉下人打殺毒蛇，當然另有消滅死敵的用意，不止是爲著吃。至於草花蛇，乃因她是土地公的小女兒，看在土地公的面，自然不能不放過。

據說看見兩頭蛇的人會死，孫叔敖小兒時看見了兩頭蛇將它打殺，理由是怕別人再看見，這是打蛇的又一案例。

正當太平天國席捲長江以南之時，臺灣也有戴潮春革命，清廷無暇顧及。但戴潮春還是未成功，革命軍被霧峰林家打敗了。戴潮春是四張犂人，四張犂人奉祀媽祖，霧峯人奉祀土地公，革命軍進攻霧峯時，霧峯田野遍地毒蛇，革命軍被咬死無數。蛇是土地公的兒女，革命軍不得已請出媽祖，擡在大轎上當先鋒，結果還是不敵毒蛇。引述這一段史事，可見得臺灣毒蛇數量之多，多得嚇人。當然在一個半世紀後的今日，毒蛇之數量已因人口之暴增，土地之開發而大殺（銳減），雖是大殺（國音ㄕㄞˋ），仍然經常可遭遇到。

眼鏡蛇是最常遭遇的蛇種，本蛇俗稱飯匙銃，牠騰起來像一把飯匙，會對準人的眼睛發射毒液，有如一把鎗，鎗舊稱銃，因此合稱飯匙銃。我被眼鏡蛇追過兩次，一次在森林中，追了約五十公尺，要不是林下多枯枝雜草，而又林木橫格，也許走不脫。聽說眼鏡蛇每年成長十公分，以一百二十公分長爲極限。會追逐人畜的眼鏡蛇，都是極限蛇，這表示牠所向無敵，一向橫行慣了，並不把人畜放在眼裏。眼鏡蛇不發威騰起時，渾身亮黑一條，因此鄉人往往誤認爲是另一種蛇，叫牠烏番（臺音ㄛ ㄏㄥ）。自小便時常聽見村人說，烏番生產期異常兇惡，追逐人畜，往往踰數百公尺，據說最高記錄曾經達到五百公尺，牠在兩百公尺外覺察到人畜，便筆直如箭般迮（臺音ㄗㄜ）來。那次在森林中，也不知牠多遠覺察到我，幸而我偶爾回頭看見，纔逃脫得掉。又一次我們四個人兩部機車，打山腳下過，見一大黑蛇，當然就是牠，我們憑人多膽壯，停了車想捕捉，牠騰起發威，而且向人左右突，四人只得拔腿跨上車，逃之夭夭。

有一天早起，我拖著拖鞋站在簷下，腳趾垂出了簷階，階下全是花草，忽意識到腳趾前有物蠕動，則見一尾粗而短的黑蛇往外迣（臺音ㄙㄨㄢ），我趕緊撿起石頭緊跟在牠尾後，一顆顆擲，都未擲著，給迣入石堆中去。這是一尾還頗爲年輕的眼鏡蛇，尚未有老大目中無人的橫態。後來我每想起，不免自責，牠不傷我，我怎好苦苦要殺牠。話雖如此說，再過幾年，牠老大了，心性就兇惡了，此時殺得了牠還是殺掉的好。

前年夏天中午，我從舊屋走向新屋，小女兒正從新屋走來，中途相遇，小女兒指指地下，正在我腳尖前兩臺尺處，見一尾一臺尺的小黑蛇，是眼鏡蛇的幼蛇，見人騰起，露出眼鏡帶。我儀式地擲了牠一塊小石頭，畢竟是憐幼，便任牠逸去。今年晚春初夏之交，這尾小蛇已長成又粗又短的成蛇，在樹下遭遇。我擊牠兩塊一、二臺斤重的石塊，都未擊中，還是過分用力失準，也是辿入石堆中去。這尾蛇不久又再度遭遇，差不多是牠幼蛇時遭遇的同一地點。牠一見我便「嚇！嚇！」作威——牠已認得我，之後迅速逃離，我快速繞到牠前方攔截。這一次我有很從容的機會殺得了牠，還是用力過猛，且防著牠發射毒液，眼看著牠「嚇！嚇！」威嚇著辿入石堆中去。這是今年五月五日中午。六月十九日晚間，牠跎（臺音ㄙㄜˇ）出大路邊，被鄰婦擊殺了。聽見牠死了我反而懷念牠，我早已不想再殺牠，牠既然認得我，便算得是朋友了，我懷念牠，好像是出於這份友情。世事頗有些奇異，人動了眞情或到了眞心反悔時往往又沒機會了。這是一個例。

八月十六日午後，我跟小女兒由新屋走回舊屋，記不得跟小女兒正談論著某些什麼問題，走到拐彎處，差點兒沒踩著一尾黑童蛇，說牠童蛇，牠比幼蛇顯見長些粗些，距趾端只差兩臺寸，眞是險。我回頭找石塊時，小女兒看見牠展現眼鏡帶，乃是飯匙銃，還是未擊中，給竄入石縫中去。取來「噴效」噴了半天，全無效應。

眼鏡蛇毒並非劇毒，咬到不至致死；若是雨傘節、紅雨傘節、印仔蛇（唸做：印兒蛇；有如歌仔戲，要唸做歌兒戲），乃係一級毒蛇，一被咬，存活機會則極爲渺茫。

一九八七年九月十一日晚間，也就是傑魯得颱風過後的第二晚，我在舊屋看過晚間新聞，切了海頓芒果，本想喊叫小女兒自新屋回舊屋來——好在沒喊，爲了安全起見還是老爸給送去。那一晚月黑星暗，伸手不見五指，我的手電筒電池剛好用盡，我彎腰摸黑，審察一步走一步，走到拐角，新屋窗下朦朧朧朧映著些微的弱燈光，一丈半外，依稀見有一尾雨傘節，蜷在我的前路旁，距新屋左階二臺尺許。纔見到牠時，牠也覺察到我，牠誤認新屋外梯柱是人，啪啪兩聲閃電似的捅了兩次，梯柱離牠有八尺遠，當然未捅到。牠見沒咬到人，便想溜之大吉。因錯認了那梯柱是人，只得向我這邊跎過來。我走到牠前面跳踉，想嚇阻牠，可是牠對那梯柱已心存畏懼，只顧望這邊逃。我不得不後退，閃到一邊。急叫小女兒點了支蠟燭。但蠟燭見風搖搖欲滅，莫說照得了明。牠逃到樹蘭的樹頭下去。找了塊一、二臺斤重的石頭，藉著微光，我站到牠一公尺外，猛力一擊，牠不見了。蠟燭到底不管用，於是我出去雜細店換了手電筒的電池，回來發現牠腰身已被擊爛，村人好吃蛇者聞聲來要了去。

本地自拓荒以來被雨傘節咬到的人，還不曾聽說有那一個脫得過的。一個在臺北經商的老朋友，責怪我過分膽大。我不是膽大，有機會的話，一級毒蛇我是絕不會放過的。

這尾蛇母親早就看見了，多日來常在舊屋庭左一個水龍頭下花叢間出沒。說是怕驚嚇了我和小女兒，不敢聲張。母親眞是人越老越是糊塗了。

今年七月二十六日晚，我看過了臺視新聞要回新屋，手電筒電池剛更換過，才到樹蘭下拐彎處，便照見一尾雨傘節，正筆直橫在新屋左階下，比一九八七年那尾更兇惡，居然攔在我的路中央，牠身上的環節黑白相間，異常鮮明，大概剛蛻過皮。我回頭找石塊時，牠已逃至梯下。這條小徑上再已找不到足以擊之致死的石塊，只找到兩塊約半臺斤重的小石頭。梯下鋪著碎大理石，生怕擊蛇不著，擊破了大理石，不得不靠近到一公尺前——這當然是異常冒險，前回那尾雨傘蛇牠是守勢，這一尾是攻勢。我瞄準牠的頭，輕輕一擲，用力小反而奇準，牠的頭墊著大理石，應聲破了。用火鉗夾到大路邊時，還一直蟠著蜷著，久久纔斷氣。幾個人爭著要，一個老朋友要了去，只那一副蛇膽便值六百元。兩個月後，卽九月二十五日晚，我牽母狗舒遲卡出去小解，一向都先以電光掃視周遭，忽見枯葉堆上有七、八寸長的雨傘節尾部，不見身首，蟄而不動。拴了狗，撿了兩塊一、二臺斤的石塊，猛力擊去，都未擊中。回屋裏拿出長竿擔，已不見踪影，翻平了枯草堆，一無所見。這幾個月來，我一直在留意這一尾蛇，牠顯然跟七月二十六日那尾是同一窩產。

一九九〇年教師節晚間，我跟紅雨傘節（環紋赤蛇）有了一次神祕的遭遇。舊屋後門外圍牆內，小女兒飼有一隻名叫芙麗嘉的新雌雞（臺語叫雞難。難和嫩是同語字，在雞爲難，在人爲嫩），小女兒早晚各餵牠一次，門閂一向只虛閂著，一定得勞駕乃父，在看完臺視晚間新聞，準八點正再去閂好。後門旁一間厨房，一間通道，電燈全壞了，只廳裏的亮著。這一晚我照例去閂後門。天氣還熱，我只穿了一件短袖汗衫，手臂全無遮蓋，大靜脈賁張（男人全是這個樣子）。我伸手要去抓門閂，模糊的光影中，發覺門閂有些異樣，好像有隻老鼠正爬在那上面，但終究看不清楚，我極力想看出牠的尾巴，給抓下來。看了半天未見鼠尾，只見灰色中略帶柑橘色，我心裏狐疑了，於是我退回廳裏拿來手電筒一照，居然是尾紅雨傘節，正蟠蜷在門閂上，一個小小的頭擱在正中央，正在等待我出手，牠是「恭候」多時了的。小女兒是黃昏初六點前餵雞，此物在此候我，也許纔幾分鐘，也許已有兩小時。後門外圍牆一人多高，牆腳安有三、四處烘爐舌做的閘，讓雨水流出。此閘圓形，直徑纔七、八公分，疏齒，齒縫不足一公分，這尾蛇居然鑽得入來，這是第一關；而後門只有左下角有一公分寬的隙，這是第二關，牠進得來，眞是不可思議。我一見不由全身汗毛直豎，要是我伸了手，正好咬在大靜脈上，不消十秒鐘的時間，我的肺便整個痲痺，心臟跳也是白跳。我趕緊閃入厨房，找了一枝竹棍，回來對準牠的頭，狠狠一擊，牠的頭破了，全身垂掛下來，離戶磴（門限）還有三、四寸，而戶磴高兩寸，門閂距地約三臺尺，牠勾在門閂上的尾端還有兩寸，牠全長大約二尺六、七寸，卽約八十公分，牠是怎樣爬上門閂的，只有天曉得。紅雨傘節和雨傘節都是小型蛇，細細的身，外表溫和不可怕，卻同是世界一級毒蛇。牠垂掛在那兒，我繼續橫擊牠的頭，直至打碎了，牠纔掉下來。

一個年輕朋友將此事去問一位得道和尚，和尚說是報仇來的，這一次不得逞，還會再來。的確，二十年前，我在鄰人的田裏也打殺了一尾紅雨傘節。此蛇乃是世界稀有蛇種，極爲罕見，但對我而言，二十年打殺兩尾，密度算不得低了。說是報仇，我認爲無稽。我在《藍色的斷想》C卷有深入的討論。但此事跡象上似乎涉及神祕界，連同那兩尾雨傘節，全在我看完晚間電視新聞之後的時間，而且一尾蟠蜷在我的小徑旁，只要我不小心走過，牠輕易一捅，必不能倖免，另一尾正筆直橫在我的小徑上，在階下狙襲，更是刼數難逃。這三尾的事件，湊合起來，是有些蹊蹺。神祕界之干預現世，自古已然，這種事實，正統儒家智識份子盡皆嫌惡，更不願意去理睬。我是孔孟信徒，自然大不能接受。神祕跡象後來曾經換了方式，陸陸續續發生在我的身上，甚至侵入我的生理結構中，只爲屬於隱私，不足爲外人道。僅舉前年車禍，差點兒把命送掉這一件來講，車禍日期更是我早先便定爲邪惡日的那一天。有太多湊巧，但是太多湊巧便不是湊巧了。這一連串的奇異事故，當然引起我對神祕界的注意，促使我做通盤的檢視。那幾年間，我正在《臺灣新聞報》逐日連載《藍色的斷想》B卷和C卷，B卷對宗教已多有深入的抨擊，C卷則更是傾全力作致命的猛刺，車禍便發生在我寄C卷頭一通文稿之後不足三小時，潮州老人班下課不久。但通觀這些事故，全是有驚無險，這裏面似乎還有某些信息。三次蛇事全是明槍，車禍則是暗箭。神祕跡象似乎還沒完沒了，後續如何，則有待下回分解了。

那尾由幼蛇長成的眼鏡蛇活躍的同時，另有一尾臭腥母，幾乎同時出沒。臭腥母是無毒的長蛇，此蛇跟那尾眼鏡蛇同寄身於新屋後的溪石堆中，牠未被眼鏡蛇毒殺，頗爲不可思議。四月尾五月初，牠午後（中午直後）天天出現在新屋前，五月五日我打殺那尾眼鏡蛇未遂，轉過新屋前，見牠正向新屋右逸去。小女兒對牠頗有好感，牠天天都跟小女兒照面。六月一日，小女兒喚我透過新屋後窗看，牠從溪石堆中筆直伸出約一尺高的頭頸來，活像一株眼鏡蛇草。我們父女在窗內看得眞切，牠是在視察四周，尤其用心探察前方，既見無異狀，便緩緩向前爬行，牠遇見人脫逃時疾如飛箭，此時比照起來實在有如老牛破車，牠的心情不難領會，牠偵察過四周和前方，放了一萬個心，優哉遊哉，在舒活睡了一個上午的筋骨，看牠那樣悠悠自在，我心裏也感到歡喜。可是六月十九日晚間，牠爬入另一個鄰人家中，驚嚇了女主人，因而被圍殺了。數日後我聽見這個訊息，爲之憮然累日。

六月中旬的一個下午，小女兒發現一尾長蛇在舊屋庭中一盆大陸榕的盆墊上蛻皮，喚乃父看。果不其然，牠在蛻皮，未見首尾，但見身腰，蛻皮的波動一波一波由上而下傳遞。我正想找根樹枝碰碰牠，牠一驚覺，疾速溜竄，竄入舊屋左圍牆內，趕過去看時，早已不見蹤影，原來牠打從雨水口中溜了出去。這時我眼簾裏的螢幕重現了一次，我這纔看淸牠是在呑食一尾大蜥蜴，於是我再回牆邊去，把三個雨水口給全塞死了。這山獺蛇——牠是山獺蛇（又名過山刀），居然獵食我的好友，太可惡了！每年秋天伯勞一到，我便爲蜥蜴們憂，初夏伯勞一走，我便爲牠們喜。伯勞在時，蜥蜴日日減口；伯勞不在時，蜥蜴日日增口。

十月七日，我獨自到高雄買書，小女兒不肯同行，留在家裏，我要她重扃深閉。下午日向晚前我趕回家來，小女兒告訴我中午屋裏發生的事，令我毛骨悚然。中午我到達高雄，在火車站打電話回家，小女兒剛接過電話，蹲在靠門書櫥前抽書看，一尾蛇從門下鑽進來，隙縫在一公分以下。小女兒冷眼看著牠鑽入，牠順著壁腳溜到壁角，那時鴉Mowgli已死了十天，麻雀 Mijbil 和牽牛花的籠子佔了 Mowgli 的缺，直放在地板上。壁角距鳥籠約二臺尺遠。小女兒開了門將那尾蛇趕了出去。小女兒說那尾蛇顯得很害怕。據小女兒的描述，乃是尾弱冠臭腥母，細而不怎麼長。幸而是臭腥母，換了雨傘節，眞不堪設想。我卽時叫小女兒將鳥籠提到舊屋去。顯然，痲雀的臭味順著門底的隙縫流出，牠是循味尋入的。

幾年前，村人風聲，說某人在我的果園中放生一對青竹絲，我認為無此道理，我與人無仇，因此我未追究。但無道理的事，到處是，其後在果園中鑽出鑽入，不免有一絲絲陰翳。去年七月一日，新屋右階旁一枝覃垂的樣枝披葉上，居然見有一尾小草花蛇在睡午覺，因其擬似青竹絲，差點兒被我打殺。牠上樹來是企圖吃往來的小鳥，眞該殺。那位置，若是青竹絲，一走下階去，輕易便被咬到，眞是可惡。

一尾大草花蛇呑食一隻大蟾蜍（臺語叫䖳蠅），我救蟾蜍，也等於救了草花蛇。後來我很後悔，沒有藉機觀察。大蟾蜍耳旁分泌出乳白色的毒汁，那大草花蛇承受得了蟾蜍的劇毒嗎？牠兩耳旁淌出的毒汁，分量足以毒殺三、五個成人。

一九八八年一月七日，一尾赤背松柏根在舊屋西壁腳下曝日取暖，伸得直直的，只腰身有一、二小曲折，那時我還不知道此蛇無毒，誤殺了牠。

百步蛇聞名已久，緣慳一面，這倒好，牠以毒液量大致人於必死，最好是永遠不要遭遇。最可怕的毒蛇無如印仔蛇（印兒蛇）。此蛇我已有半世紀不曾見到。遇見此蛇最好是退避三舍，牠見逼，會像一條彈簧霍地彈來，著人身後，猛咬一口，也沒聽說被咬後有活命之例。

田園很美，很可愛，但也有它的險處。草木中也有有毒植物。老天的用意大概是要人知所節制、警惕、畏懼，勿流於放肆無忌憚。人一旦放肆無忌憚，便不是美麗可愛可敬的生命，不止老天失望，萬物也將不知如何跟人類共生同榮了。

——一九九三、十二、十九～二十二

平和的心境

每人每天多少總會做些事情，其中大多是些瑣細的小事，遇到做的是較持久的大事，我們便另管它叫工程。一生不曾做過稱得是工程的人是有福的，工程總是麻煩事，勞心費神，焦慮困思，也有些人實在負擔不起。其實每個人至少有一件大工程是必得負起的，若連這僅有的一件也負擔不起，那便得從這個人生舞臺退出，這件人人非做不可的工程，就最下限而言，我們稱它活命工程。活命並不是件容易的事，稱它爲工程一點兒也不誇張。就活命工程的最後一段而言，它是人世事中惟一最艱難的工程。壽命人人不齊，有的人僅僅活了一短暫時間便消失了，有的人居然活過百歲。一個人到油盡燈將滅的當兒，合舉世之力求遷延些時也辦不到，可見得延長壽命是一切工程中最爲難能的工程。於是你看見那些頭不白、顏不衰的老人，活過八十、九十、一百，不得不佩服他(她)是第一流的活命工程師。

大凡長壽的人，可以說都是得道之人，他本人或許未必自覺得到，問他也未必說得出所以然，可是他之得道卻是事實。本文不在討論長壽之道的內涵是什麼。明人有云：「人生不得行胸懷，雖壽百歲，猶爲夭也。」按照這種說法，人活著的意義端在於能施展抱負。而一般人普遍的看法可以這樣說：「人生不得快意，雖壽百歲，猶爲夭也。」快意的範圍便很廣泛了，喜好作姦犯科、傷天害理者，一旦不能作惡，便覺得無生趣之可言，這樣的快意是大有問題的。但不論是行胸懷或逞快意，長壽總比早夭實行得多。流星倏忽劃破夜空，何如恆星萬古長輝？

郎靜山先生五十歲前，一向體弱多病，遇一異人授以一帖奇方，從此卻病延年，頭不白，顏不衰，儼若神仙。我非常懷疑那一帖奇方眞的那麼奇，我倒十分主張，先生之長生不老是得力於他平和的心境美的心境。試想想一個人長年從事美的攝影，他的心境永遠是一片的美，一片的平和，他可能衰老嗎？我在《藍色的斷想》C卷中寫道：「藝術家論理應是福最大壽最長的人，因爲他生活在純粹的美中。若藝術家而無福早世，那是他另有別的不好生活。」梵谷、顏回同夭於困頓。梵谷是創作的藝術家，顏回是意境的藝術家。靜山先生幸而無飢寒之虞，自然能享最大的福和最長的壽。其他藝術家所以或不能盡如郎靜山先生福壽雙全，多少是各人有本難唸的經，或更是有某種減福損壽的嗜好，甚至是放蕩的行徑。

一般的人，或許無份做個創作的藝術家，但要做個意境的藝術家是可能的。只要不盲目聽任本能之驅使，亦即能利用活命工程的一切假期，擺脫活命工程的勞累，讓自己有平和的心境——這便是意境的藝術家。在生產技術窳陋的時代或地區，活命工程幾乎是始終沒有假期的；但在生產技術進步如今日的臺灣，活命工程的假期實在多的是。以公教人員爲例，收支有一定的數目，毋庸多出一份心力與體力，上下班出門入門，公車火車出站入站，一路處處無非勝景，只看你有無打開慧眼；至若自己開車，那斷斷乎無平和心境之可言。

這裏再引用我自己的話，《藍色的斷想》B卷寫道：「詩人，一個處處看見美的人。」詩人，在上古時代，或可以說是個專家，但在文明業已輝煌燦爛的後世，人人都應該是詩人。若你不能處處看見美，那麼你處處是看見了什麼？在後世，人可劃分爲二類：一類是詩人，不是詩人的便是俗人。俗人，在文明燦爛輝煌的後世，也可以說不是人。在文明燦爛輝煌的後世，是人一定得是詩人。B卷又寫道：「俗人薄福，這麼一個富麗的世界，僅僅找到幾個銅板。」銅板，是構築活命工程的象徵材料，人們活命工程早已築得萬分牢固，卻仍一味在貯積這種活命工程的魔甎。這是一種迷誤。人們迷誤在活命工程裏。活命工程並不就是人生，人生是超乎活命工程之上的，在活命工程之上的，纔是眞正的人生。只要活命工程無慮，就不應該再爲活命工程多用一份力和一份心，那樣反而會腐蝕了活命工程，使之早日解體。B卷又寫道：「這個世界的精粹是什麼？是美。沒有美的眼光的人，生活在世界的糟粕裏。」可憐，生活在世界的糟粕裏，怎可能有美的心，平和的心？怎可能得福兼得壽？B卷又寫道：「世人活了一輩子，有幾個人曾經擡起頭來看過天？問你本日擡起過頭來沒有？」世人迷誤於活命工程太深太深了，理應覺醒。其實腳下的土地無一寸不美，頭上的天也正如是。出了家門，一路無非勝景，卽在家裏，屋宇也莫不如是。屋壁剝落了有剝落之美，坼裂了有坼裂之美，發霉了有發霉之美，新粉刷了有新粉刷之美，地板新的有新的之美，舊的有舊的之美。地面檳榔汁的乾跡也有它的美，看你是怎樣看它。街上車站遇見的人，人人都有他（她）的美，端看你是不是用觀賞的眼光去看。車站外的石階，美；車站內地下道的上下梯級，美。有哪個個所個人，不教你心曠神怡？除非邪惡之地邪惡之人。幾乎可以說自早上醒來睜開眼到晚上上床瞌了眼，一日間不美之地不美之時很少有。只爲世人迷誤於活命工程，食而不知味，寢而不成眠。莊子有個極尖銳的詞眼，他說世人是「坐馳」，連坐在椅子上、安樂椅中，一心都還在爲活命工程奔馳；銅板、名利、權勢，全是活命工程的魔輒，人們爲此而坐馳，因之走起路來，如失魂落魄般，無人擡起頭來看一看天，舒一舒氣。

B卷又寫道：「做爲人類，活了一輩子，你以爲值得飛燕輕輕那一剪嗎？」人在活命工程已無慮之後，仍舊一心在活命工程中，一身沈重，有第三者來評判，輸予那迎風一剪的燕子委實太遠。人一旦不能超脫活命邏輯（生物邏輯），即使給他一對翅膀甚而數對翅膀也飛不起來。你一旦超脫了活命邏輯，你便即時有顆靈明的心，便能如明鏡般來鑑賞天地萬物，便能永遠保有一片美的心境平和的心境。這便是郎靜山先生長生久視的祕訣。

B卷又寫道：「你走路，會停下腳步來看一片雲；你居家，會留意到家門口乾渴的草爲它澆一勺水；在這個汲汲營營的時代，你簡直是仙了！不是仙怎可能有飄逸的心？」一旦超脫了活命邏輯，便有了顆飄逸的心，便是仙。仙是長生不老的，郎靜山先生不折不扣是個地仙。在文明昌盛的今日，人人原本應該個個都是地仙啊！

《新約》〈腓立比書〉有半句話：神給人「超乎一切概念理解的平和心境」（The peace passeth all understanding）。平和的心境不是任何概念任何言語思考所能到達的。羅素說：「我們思考的太多，感覺的太少。」平和的心境是一種切實的感覺，人一旦超脫了活命邏輯，這種感覺便無所不在無時不在。

一九九三、十二、〜九

三民叢刊書目

㉔臺灣文學風貌　李瑞騰著
㉕干儛集　黃翰荻著
㉖作家與作品　謝冰瑩著
㉗冰瑩書信　謝冰瑩著
㉘冰瑩遊記　謝冰瑩著
㉙冰瑩憶往　謝冰瑩著
㉚冰瑩懷舊　謝冰瑩著
㉛與世界文壇對話　鄭樹森著
㉜捉狂下的興嘆　南方朔著
㉝猶記風吹水上鱗　余英時著
・錢穆與現代中國學術
㉞形象與言語　李明明著
・西方現代藝術評論文集
㉟紅學論集　潘重規著
㊱憂鬱與狂熱　孫瑋芒著
㊲黃昏過客　沙究著
㊳帶詩蹺課去　徐望雲著

㊴走出銅像國　龔鵬程著
㊵伴我半世紀的那把琴　鄧昌國著
㊶深層思考與思考深層　劉必榮著
・轉型期國際政治的觀察
㊷瞬間　周志文著
㊸兩岸迷宮遊戲　楊渡著
㊹德國問題與歐洲秩序　彭滂沱著
㊺文學關懷　李瑞騰著
㊻未能忘情　劉紹銘著
㊼發展路上艱難多　孫震著
㊽胡適叢論　周質平著
㊾水與水神　王孝廉著
・中國的民俗與人文
㊿由英雄的人到人的泯滅　金恆杰著
・法國當代文學論集
(51)重商主義的窘境　賴建誠著
(52)中國文化與現代變遷　余英時著

⑤③橡溪雜拾　思　果著
⑤④統一後的德國　郭恆鈺著
⑤⑤愛廬談文學　黃永武著
⑤⑥南十字星座　呂大明著
⑤⑦重叠的足跡　韓　秀著
⑤⑧書鄉長短調　黃碧端著
⑤⑨愛情・仇恨・政治　朱立民著
⑥⓪蝴蝶球傳奇　顏匯增著
・真實與虛構
，漢姆雷特專論及其他
⑥①文化啓示錄　南方朔著
⑥②日本這個國家　章　陸著
⑥③在沉寂與鼎沸之間　黃碧端著
⑥④民主與兩岸動向　余英時著
⑥⑤靈魂的按摩　劉紹銘著
⑥⑥迎向眾聲　向　陽著
・八〇年代臺灣文化情境觀察
⑥⑦蛻變中的臺灣經濟　于宗先著
⑥⑧從現代到當代　鄭樹森著
⑥⑨嚴肅的遊戲　楊錦郁著
・當代文藝訪談錄
⑦⓪甜鹹酸梅　向　明著
⑦①楓　香　黃國彬著
⑦②日本深層　齊　濤著

⑬美麗的負荷

封德屏 著

本書是作者從事寫作的文字總集。有少女時代所寫，如詩如歌的雋永小品；更有以求眞存眞的態度詳實記錄而成的報導文字，對象涵蓋作家、影劇圈、藝術家等文藝工作者的訪談記錄。值得有心人一起駐足品賞。

⑭現代文明的隱者

周陽山 著

生爲現代人，身處文明世界，又何能自隱於現代文明？本書內容包括散文、報導文學、音樂、影評、書評等，作者中西學養兼富，體驗靈敏，以悲憫之心關懷社會，以詳贍分析品評文藝，是學術研究外，結合專業知識與文學筆調的另一種嘗試。

⑮煙火與噴泉

白靈 著

本書詳盡的評析了新詩的源起及演變、臺灣詩壇的今與昔，除介紹鄭愁予、葉維廉、羅青等當代名家的詩作及創作理念外，並給予初習新詩者的入門指引，值得想一探新詩領域的您細細研讀。

⑯七十浮跡
·生活體驗與思考

項退結 著

本書是作者一生所思所悟與生活體驗。從青年時米蘭求學，到「哲學之遺忘」的西德八年，再到主持《現代學苑》實踐對文化與思想的關懷，最後從事教學與學術研究的漫長人生歷程。雖是略帶有自傳性質，卻也反映了一個哲學人所代表的時代徵兆。

⑺永恆的彩虹　小民　著

問世間情是何物，怎教人如此感念！環遶家園周遭的倫理親情、憶往懷舊的大陸鄉情、恆久不渝的溫馨友情……，是多麼的令人難以忘懷。本書作者以平和的語氣、平實的筆調，娓娓道出人世間的種種至情，讀來無限思情襲上心頭。

⑱情繫一環　梁錫華　著

寫作是件動腦動筆的事，使人保持身心熱切，而創造性的熱切是有助健康和留住青春的。本書作者以其悲天憫人的襟懷，寓理於文，冀望讀者會心處，除了青春、健康外，另有所得。

⑲遠山一抹　思果　著

本書是作者近二十年來有關文藝批評、中英文文學、語文、寫作研究的精心之作。作者學貫中西，探究深微，以精純的文字、獨到的見解，寫出篇篇字斟句酌、妙筆生花的佳作，令人百讀不厭。

⑳尋找希望的星空　呂大明　著

在人生的旅途中，處處是絕望的陷阱，但晚星的光芒是黎明的導航員，雨後的彩虹也會在遠方出現，絕望懸接著希望，超越絕望，希望的星空就呈現在眼前，願這本小書帶給您一片希望的星空……

⑧①領養一株雲杉　黃文範　著

有人說，散文是作家的身分證，對譯人何嘗不是如此。本書是作者治譯之餘，跑出自囿於譯室門外自遣的心血結晶，涉獵範圍廣泛，文字洗練而富感情，展現作者另一種風貌，帶給讀者一份驚喜。

⑧②浮世情懷　劉安諾　著

本書是作者以其所思、所感、所見、所聞，發而爲文的結集。作者才思敏捷，信手拈來，或詼諧、或雋永，皆屬上乘。在這匆遽忙碌的時代，不妨暫停一下，此書當能博君一粲。

⑧③天涯長青　趙淑俠　著

文藝創作者身處他鄉異國，該如何面對因文化差異所帶來的困擾？本書所描寫的，是作者旅居異域多年的感觸、收穫和挫折。其中亦有生活上的小點滴，時而凝重、時而幽默，清晰的呈現出東西文化的異同風貌，讓讀者享受一場世界文化的大河之旅。

⑧④文學札記　黃國彬　著

作者放眼不同的時空，深入淺出地探討文學的現象、趨勢，以至個別作家的風格，舉凡詩、散文、小說、文學評論等，都能道人所未道，言人所未言，把學問、識見、趣味共冶於一爐，堪稱文學評論集的佳作。

⑮訪草（第一卷）

陳冠學 著

本書是作者於田園生活中所見所感之作，內有田園畫，有家居圖，有專寫田園聲光、哲理的卷軸。喜愛大自然田園清新景象的讀者，將可從中獲得一份未曾預期的驚喜與滿足；另有一小部分有關人性與人生哲理的文字，則會句句印入您的心底。

⑯藍色的斷想

・孤獨者隨想錄

A・B・C全卷

陳冠學 著

本書是作者暫離大自然和田園，帶著深沉的憂鬱面對人世之作。一路上你將有許多領略與感觸，時或有天光爆破的驚喜；但多數時候，你的心頭將披著一襲輕愁，甚或覆著一領悲情。這是悲觀哲學，卻是被熱情、關心與希望融化了的悲觀哲學。

⑰追不回的永恆

彭歌 著

本書是《聯合報》副刊上「三三草」專欄的結集。作者以其犀利的筆鋒，對種種社會現象痛下針砭，冀望這些警世的短文，能如暮鼓晨鐘般，在這變亂紛乘的時代，起著振聾發聵的作用。

⑱紫水晶戒指

小民 著

俗世間的珍寶，有謂璀燦的鑽石碧玉，有謂顯榮的列鼎封侯。其實生活就是人生最美的寶物，不假外求。非常喜愛紫色的小民女士，以她一貫親切、自然的文筆，輯選出這本小品，好比美麗的紫色禮物，要獻給愛好文學也愛好生活的您。

⑧⑨心路的嬉逐

劉延湘 著

本書筆調清新幽默，論理深刻而又能落實於生活踐履。走一趟作者精心安排的「心路」之旅，您將莞爾一笑，心情頓時開朗。而您也將發現，原以爲只是一條山間小路，結果卻是風景優美，鳥語花香的舒坦大道。

⑨⓪情書外一章

韓秀 著

情與愛是人類謳歌不盡的永恆主題，它爲空虛貧乏的現代生活加減了無數的色彩。本書記錄下了作者在日常生活中感受到的親情、愛情、友情及故園情，在書中點滴的情感交流裡，在這些溫馨的文字中我們是否也能試著尋回一些早已失去的東西。

⑨①情到深處

簡宛 著

本書是作者旅美二十五後的第二十五本結集。身爲一個教育家，作者以其溫婉親切的筆調，寫出篇篇充滿溫情的佳構，不惟感動人心，亦復激勵人性。將愛、生活與學習確實的體驗，眞正感受到人生的有情，生命也因此生意盎然。

⑨②父女對話

陳冠學 著

一位老父與五歲幼女徜徉在山林之間，山林蓊鬱，山泉甘冽，這裡自有一份孤獨的甘美。本書是記述作者父女在人世僻靜的一個角落，過著遺世獨立的生活的文字畫。舉世滔滔，這應是一面明鏡，堪供讀者對照。

⑬陳冲前傳

嚴歌苓 著

在好萊塢市場，多少人一夜成名直武青雲，又有多少人一朝雲中跌落從此絕跡銀海。身爲一個中國人，陳冲是經過多少的奮鬥與波折，身爲一個聰慧多感的女子，她又是經過多少的心路激盪，才能處於這洶湧波滔中。本書將爲您娓娓道出。

⑭面壁笑人類

祖慰 著

本書是有「怪味小說派」之稱的大陸作家祖慰，在巴黎面壁五年悟得的佳構。他的散文神遊八荒，情貫萬里，將理性的思維和非理性的激情雜揉一起。讀其作品既能吸收大量的科普知識，又可汲取其飄逸文風的美感享受。

⑮不老的詩心

夏鐵肩 著

夏先生一生從事文化工作，大半心力都用在鼓勵培植有潛能的青年人，助他們走上文學貢獻之路。而他本身亦創作出不少的長短佳文。本書收錄計有：詩詞小品、散文、方塊評論等。作者一顆不老的詩心，洋溢在篇篇佳構中。

⑯雲霧之國

合山究 著

使中國風土之特殊性獨具一格的，與其說是天地的廣大，不如說是因塵埃、雲煙等而爲之朦朦朧朧的自然空間吧！精氣、神仙、老莊、龍、山水畫、奇書等，其產生是有如何玄妙的根源啊！就以「雲霧」爲起點，讓我們一起走進這美麗幻夢般的世界。

⑰北京城不是一天造成的

喜樂 著

打從距今七百五十多年前開始，北京城走進歷史的繁華紛亂。現在，且輕輕走進史册中尋常百姓的那頁，一盞清茶、幾盤小點，看純中國的挿畫、尋純中國的足跡。由博學多聞的喜樂先生做嚮導，就讓你我在古意盎然中，細聆歲月的故事。

⑱兩城憶往

楊孔鑫 著

霧裡的倫敦、浪漫的巴黎，除此之外，這兩城你可還留有其他印象。本書是作者派駐歐洲新聞工作二十多年的記錄。透過作者敏銳的筆觸，且讓讀者徜徉在花都、霧城的政經社會、文化藝術、風土人情以及歷史背景中。

⑲吹不散的人影

高大鵬 著

時代替換的快速，不知替換了多少人生舞臺上出現刹那的面孔；而人類，偏又是最健忘的族群。本書中所收錄的文章，均是作者用客觀的筆，爲曾替人類社會或文化默默辛勤耕耘的「園丁」們，做最眞實的文字記錄。

⑳桑樹下

繆天華 著

本書是作者在斗室外桑樹蔭的綠窗下寫就的小品散文。作者試圖在記憶的深處，尋回那些感人甚深的、發人深省的、或者趣味濃郁的人文逸事，不惟激勵讀者高遠的志趣，亦能遠離消沉，絕望的深淵。

國立中央圖書館出版品預行編目資料

訪草. 第一卷／陳冠學著. -- 初版. --
臺北市：三民，民83
面；　公分. --(三民叢刊；85)
ISBN 957-14-2098-0（平裝）

855　　83008755

© 訪　草（第一卷）

著作人　陳冠學
發行人　劉振强
著作財產權人　三民書局股份有限公司
臺北市復興北路三八六號
發行所　三民書局股份有限公司
地址／臺北市復興北路三八六號
郵　撥／〇〇〇九九九八——五號
印刷所　三民書局股份有限公司
門市部　復北店／臺北市復興北路三八六號
重南店／臺北市重慶南路一段六十一號
初　版　中華民國八十三年十月
編　號　S 85269
基本定價　叁元柒角捌分
行政院新聞局登記證局版臺業字第〇二〇〇號

ISBN 957-14-2098-0（平裝）